진짜로 내가 하나님이라면 좋겠다

믿음이란 한 알의 밀알이 땅에 떨어져 죽음으로 많은 열매를 맺음과 같이 진리의 열매를 위하여 스스로 죽는 것을 뜻합니다. 눈으로 볼 수는 없으나 영원히 살아 있는 진리와 목숨을 맞바꾸는 자들을 우리는 믿는 이라고 부릅니다. 「믿음의 글들」은 평생, 혹은 가장 귀한 순간에 진리를 위하여 죽거나 죽기를 결단하는 참 믿는 이들의, 참 믿는 이들을 위한, 참 믿음의 글들입니다.

진짜로 내가 하나님이라면 좋겠다

정유진 지음

홍성사

차 례

새로운 도전

　나는 책 읽기를 매우 좋아하고, 책을 참 많이 읽는 편이다. 그러다 보니, 매달 책 고르고 책 사들이느라 시간과 돈을 쓰는 나를 보고 엄마는 "그 정도 책을 담았으면 이제 책을 쓸 때도 됐겠다" 하며 지나가는 말로 뭔가를 써보라고 권유하셨다. 언젠가 문득 책에 관련된 글을 써보면 어떨까 욕심을 내며 10년 후 목표 목록에 '책 쓰기'를 적어 놓고 쳐다보며 기도하기도 했지만, 그래도 글을 쓴다는 것은 막연히 두려운 일이었다.

　내가 만나는 아이들이 한 명 한 명 모두 다 특별하고 놀라운 아이들이긴 하지만 글로 쓰려니 어떤 일들이 특별하고 글로 옮길 만한 소재인지 감이 안 왔다. 정말 하나님의 도우심으로 10년 넘게 이 일을 했지만 너무 하나님의 도움만 받아 일을 한 탓에 뭔가 이야기로 풀어 갈 만한 나의 역할은 쓸 거리가 없고, 아이들이 너무 귀엽고 신기한데 다른 사람들이 보기엔 그냥 장애 있는 아이들의 아픈 이야기라 불편할 수도 있을 것 같고…

막상 쓰려고 정리해 보려니 어느 것 하나 진도 나가는 것이 없었다. 그래서 생각은 많고, 머리는 복잡하고, 속은 답답한 채로 시간을 하염없이 보내고 말았다.

그래서 그 막막하던 시간을 좀 오래 잡아먹고 느긋하게 과거 시간들을 떠올리고 떠올려 보니 나를 가슴 설레게 하고, 깨닫게 하고, 감사하게 만들어 준 아이들과 엄마들의 모습들이 조금씩 조금씩 생각나며 행복한 기분이 들기 시작했다. 몇 편의 글을 써서 메일을 보내기 시작했다. 정말 착한 편집부에서는 몇 달 만에 고작 몇 편 써서 보낸 나를 응원해 주며 희망을 주었다. 그 사이 나한테 딱 맞춰 하나님이 준비하신 착한 남편과의 결혼 준비도 해야 했고, 결혼 후에는 가정을 돌보며 일도 하려다 보니 글 쓰는 것은 더 느려져서 결국은 1년이 넘는 시간이 걸리고 말았다.

부담도 느끼고 스스로 부끄러운 적도 있었지만, 그래도 대부분의 시간이 참 행복했다. 지금은 가르치지 않는 아이들에 대한 이야기를 쓰면서 그립고 먹먹하기도 하고, 지금 가르치고 있는 아이들 이야기를 쓸 때면 수업하면서 혼자 웃음 지으며 어떤 모습으로 이 아이의 수업이 마무리될까 상상되어 설레기도 했다. 그리고 너무 부족하지만 내가 쓴 책으로 엄마 한 명이라도 위로가 되면 참 좋겠다는 간절한 소망을 담아 쓰기도 했다.

하지만 정작 내게 아이를 데려왔던, 책에 등장하는 엄마들에겐 책을 드리지 않을 생각이다. 아이들의 이름을 가명으로 쓰긴 했지만, 그래도 읽으면 바로 당신들의 이야기라는 것을 금세 알아챌 것이다. 나쁘고 우울한 이야기는 쓰지 않으려고 노력하며 감사하고 희망적인 이야기들을 주로 썼지만, 그동안 내가 만난 엄마들을 보며 느낀 건 장애를 가진 아이를 둔 엄마들은 좋은 쪽으로든 나쁜 쪽으로든 관심을 두려워한다는 거다. 예전에 장애인의 날에 인권에 대한 인식을 높이자며 '장애인', '장애우'라는 명칭 변경에 대한 캠페인을 벌인 적이 있었는데 어떤 엄마는 "'일반인', '일반우'라는 식으로 부르지도 않고, 부르기만 '우友'자를 넣을 뿐 친구처럼 대하지도 않을 거면서 왜 명칭 가지고 그러는 건지, 관심도 싫으니 그냥 안 불렀으면 좋겠다"고 하셨다. 그동안의 여러 관심들로 인해 너무 힘들고 지쳤던 엄마들은 자신들에 대한 시선만으로도 버거워하는 경우가 많다. 그래서 나와 수업하는 아이들의 엄마들이 내가 쓴 글로 인해 그런 시선들이 더해지는 듯해서 힘들어하지는 않을까 염려스러운 것도 사실이다. 그래서 단 한 사람도 상처받는 일이 없기를 더 많이 기도하게 된다.

2016년 3월
정유진

I.
이름값

몇 년 전, 정은이가 이름을 바꿨다며 앞으로 채영이라고 불러 달라고 정은이 엄마가 부탁을 해오셨다. 아직 이름에도 반응을 잘 안 하는 아이라, 이제 겨우 "이정은" 부르면 "네네 네네 네" 하고 답하는 거 가르쳐 놨는데 이름을 바꿨다기에 그동안 가르친 게 좀 허무하기도 하고, 딱히 촌스럽거나 웃긴 이름도 아닌데 왜 개명을 한 건지 의아하기도 해서 이유를 여쭤 봤더니 정은이 엄마가 쑥스럽게 대답하셨다.

"점을 보러 갔는데, 이름이 말을 못할 이름이라고 이름을 바꾸면 말이 트인다고 해서 좋은 이름으로 바꿨어요."

'아… 어머니…!'

교양 있고, 지적이고, 간호사로 일하며 합리적으로 사고하시는 엄마가 정말 점을 보고 그런 결정을 하셨다는 게 믿어지지 않았다. 내가 미신에 대해 거부감이 있어서 더 울컥했던 것인지 모르겠지만, 표정 관리가 되시 않을 만큼 당황스럽고 놀라운 사건이었다. '점을 보고 말을 트이려고 이름을 바꾼다는 게, 그게 말이 되냐고? 그렇게 점 보고 이름 바꿔서 말이 트일 거면 특수교육자는 왜 필요하냐고' 욱해서 분노하고 싶지만, 결국 이해하게 되고 만다.

오죽하면… 얼마나 절실하면….

지식, 학별, 재력의 유무와 상관없이 어느 누구도 자식의 일에 관해서는 상식적일 수 없다는 게 나의 10년 치료사 생활에서 얻은 교훈이다.

채영이는 그 후로 "이채영" 하고 자기 이름을 불러도 반응하지 않으며 몇 달을 보내서 내 속을 타들어가게 하더니, 이름을 바꾼 덕분인지 시간이 흘러서인지 꾸준히 수업을 받은 덕분인지 이제는 꽤 많은 말을 할 수 있게 되었다.

말을 할 수 있는 이름… 말을 못하는 이름… 그런 게 정말 있을까?

나는 아직 아이가 없어 그런 고민을 한 적이 없지만, 친구들이 아이를 낳아 이름을 고를 때 보면 작명소에서 이름을 짓기도 하고, 부모님이 지어 주신 이름 여러 개 중에 여론 조사 및 투표를 해가며 고심 고심을 하기도 하고, 평생 들춰 보지 않던 옥편을 찾아 가며 좋은 이름을 지어 주려 노력하는 모습을 보게 된다. 그 모든 요란하고 유난스러운 과정들이 자녀 이름에 부모의 좋은 소망을 담아 그 소망대로 잘 자라 주길 바라는 간절함 때문인 것 같다.

이현주 목사님의 예전 책 중에 《이름값을 하면서 살고 싶다》라는 제목의 책이 있다.

> 나는 하느님께서 내 몸을 통해 무슨 일을 하시는지 그것을 '목격'할 참이다. 그리고 그렇게 해서 본 것을 사람들에게 증언함으로써 그분을 드러내 보여 줄 수 있다면 더 바랄 것이 없다.
> 관옥觀玉을 이루면 현주賢周할 것이고 그것이 곧 이오二洿의 통일이다. 이름값을 하면서 살고 싶다.[1]

목사님의 부모님이 지어 주신 '두루 어질다'는 뜻의 현주, 친구가 지어 준 '두 나'라는 뜻의 이오, 또 무위당 선생님이 '모든 것에서 하나님을 보여 주는 사람'이라는 뜻을 담아 지어 주신 관옥이라는 이름이다. 세 가지 이름을 풀이하며 그 이름들에 담긴 뜻이 묻어나게 살고 싶다는 바람을 적은 목사님의 글을 다시 읽으며, 나는 이름을 바꾸고 혼동을 겪느라 애쓴 채영이가 생각났다.

《이름값을 하면서 살고 싶다》라는 책제목처럼 살면 참 좋을 것 같다. 부모님이 소망을 담아 정성껏 지어 주신 이름대로 아이들이 자라게 된다면 참 좋을 텐데. 비과학적이고 비상식적인 행동임을 뻔히 알면서도 얼마나 절실하면, 미신을 의지해서라도 간절한 바람을 이루고 싶으면…. 이름을 바꾸고 혼동의 시간을 가질 거란 걸 뻔히 알면서도 개명을 감행하시는 채영이의 부모님을 보면서 다시 한 번 부모님의 '간절함'에 대해 느꼈다.

말을 잘하며 살길 바라는 부모님의 바람대로 말을 잘해서, 친구들에게 치이지 않을 만큼 자신의 의견을 말할 수 있고 수다스럽지는 않더라도 조리 있게 말하는 아이로 자라면 정말 이름값, 이름 바꾼 값 하는 건데…. 잘해 보자. 아자아자!

참고로 내 이름은 정유진이다. 지금은 돌아가신 외할아버지가 지어 주셨는데, 외할아버지는 '유진'이란 이름이 지금 어린아이들에게는 흔해도 할아버지가 이름을 지을 당시에는 획기적으로 세련된 이름이라서 내 또래에는 흔치 않을 거라며 자부하셨다. 돌아가실 즈음 병원에서 나누던 이야기라 그 당시 유행하던 인터넷 커뮤니티에 '유진'을 치면 흔하다 못해 같은 해에 나와 성까지 같은 이름이 100명이 넘는, 완전 널린 이름이라는 사실은 차마 말씀드릴 수가 없었다. 이렇게 특별하게 지어 주셨지만 흔한 나의 이름 정유진. 원래 이름 뜻풀이에는 성을 포함

하지 않는 거라지만, 나는 내 이름을 풀이할 때 성까지 붙여서 풀이하곤 한다. 나라 정, 있을 유, 보배 진. 내 맘대로 풀이하면 '나라에 있어야 할 보배.' 이런 이름을 가지고 이름값을 하고 살려면… 흠… 정치를 해야 하지 않을까. 그러니깐 수십 년 뒤에 정유진이란 사람이 선거에 나오면 이름값을 하고 살기 위함으로 여기시고… 소중한 한 표 부탁드립니다. 꾸벅.^^

이런 게 진정한 사전 선거운동이다. ㅋㅋ

2.
동안

나는 스물다섯 살에 취업해서 일을 시작했다. 대학원 졸업 학기에 시작한 거라 일반적인 직장인 나이였지만 치료사들 중에는 좀 어린 편이었다. 이십대 중반이었지만 나름 동안이었던 당시에는 학생처럼 보여서 고민이 되기도 했다.

참 특이하게도 특수교육이라는 우리 일은 나이가 많을수록, 결혼을 하고 아이가 있을수록 더 인정받는 직업이다. 나이 든 기혼 여성을 우대하는 직업이라는 점은 감사할 일이다. 엄마들은 어리고 풋풋한 선생님을 믿음직스러워하지 않는다. 아이도 있어 보이고 연륜이 느껴져야, 요리조리 신중히 본 후 아이를 맡기고 싶어 하기 마련이다.

그러다 보니 처음 일을 시작하여 앳되고 초보 티 펄펄 나던 나는 수업에 대한 지적 못지않게 외모에 대한 지적도 많이 받았다.

"화장을 좀 하고 다니세요. 청바지에 너무 아이처럼 입지 마세요. 나이 들어 보이게 머리 좀 바꾸세요."

초보라서 수업을 준비하는 것만으로도 너무 벅차고 정신없던 시절, 외모와 옷차림까지 신경 써야 한다는 사실이 나에겐 엄청난 부담이었다. 치료실에서 아이들을 만나 수업을 진행하다 보면 얼굴에 스티커를 붙이며 놀기도 하고 아이들이 얼굴을 만지는 상황들도 있어서 거의 민낯일 때가 많았는데 나이 들어 보이기 위해 화장을 해야 한다니…. 화장이 스트레스로 다가오는, 그런 시절이었다. 어려 보인다는 게 흠이라 어려 보이지 않게 안간힘을 쓰며, 내가 동안이라 그런 거라 굳게 믿으며 살아왔으나…. 어느덧, 어려 보일까 걱정할 필요 없는, 늙어 보여서 탈인 중후한(?) 연세에 이르셨다.

얼마 전 대학원 시절 나가던 병원의 선생님을 오랜만에 뵙고 인사를 드렸더니 "정 선생은 어쩜 10년 전이랑 똑같니?" 하고 말씀하셔서 옆에 계시던 선생님들과 웃었다. 똑같을 리 전혀 없는데 인사치레에 기분이 좋아졌다.

성석제 작가의 《이야기 박물지, 유쾌한 발견》이라는 소품집을 보면 '인사하는 법'이라는 글이 있는데 작가가 알려 주는, 손해 안 보는 인사법은 이렇다.

먼저 어른한테는

"선생님께서는 정말 십 년 전이나 지금이나 어쩌면 그렇게

여전하신지요"가 적당하다.

후배나 아랫사람한테는,

인사를 차려야 할 경우라면(후배가 대통령쯤 된다면)

"야, 이게 누구야. 나는 자네 애가 와서 인사하는 줄

알았어"라고 하든지 말든지.[2]

이런 게 좋은 인사법인 것을 나는 책 보고 겨우 깨달았는데,

나 빼고 대부분의 사람들은 이미 모두들 알고 계셨던 것일까?

최근에 머리를 자르고 나서 치료실에서 만나는 엄마들이

"어머~ 선생님 어려 보여요~" 하며 건네는 '손해 안 보는 인사

법' 테크닉에 낚이며, 동안이라는 칭찬을 즐기고 있다.

아이들을 만나 놀이를 하고 수업을 하다 보면, 하루하루 버

겁고 기력이 쇠해짐을 느끼며 요즘은 점점 더 홍삼과 비타민의

효험을 선전하는 건강식품 마니아가 되어 간다. 이젠 경력도 쌓

이고 노련함만큼의 주름도 함께 늘어서, 인터넷 기사에 나오는

동안 화장법을 클릭하는 나를 발견하곤 한다.

초보 치료사 시절에는 '동안'이라는 말이 '미성숙'을 표현하

는 말인 것 같아서 어려 보인다는 말을 듣는 게 서운했다. 그래

서 막연히 서른이 되어 노안이 되어도 좋으니 성숙해지기를 기대하기도 했다. 그런데 그렇게 바라던 서른이 되고 삼십대의 중반을 달리는 지금, 결과적으로 '동안'은 벗어 버리고 '노안'을 입긴 하였으나, '노안'이 '성숙'과는 다르단 사실을 직면하게 되었다. 에잇! 어차피 서른이 넘어도 성숙해지지 못할 것을 미리 알았더라면, '동안'이라도 지키며 살아 볼 것을!

나이 들어 보이기 위해 억지로 어울리지 않는 화장을 하고 다니던 초보 치료사. 동안이라는 소리를 귀에 못이 박히게 들으며 막내라고 선생님들의 관심 받던… 그 속에서 놀던 때가 그립습니이다~.

아!!! 이젠 립서비스가 마냥 좋은 나이시다! ㅋㅋ

3.
선생님을 가르쳐 줘

    여섯 살의 윤하는 생글생글 잘 웃는 편이지만, 자신의 감정을 잘 드러내지 않는 아이였다. 아직 말이 능숙하지 않아서였겠지만 거부하는 것도 없는 편이고, 마냥 순하게 수업을 잘 따라서 내가 유난히 예뻐하던 아이였다. 하루는 밤에 여행하는 아이를 새가 데려다 주는 내용의 동화책을 보며 윤하와 장소에 대한 공부를 했다.

    "부엉이야, 부엉이야, ○○에 데려다 줘."

    책을 보며 반복적으로 말하면서 장소의 이름만 스스로 바꿔 말하는 수업이었다. 수업을 잘 따라 해서 만족스럽게 마친 후, "끝" 하며 책을 덮었는데, 책을 덮는 동시에 윤하가 엉엉 대성통곡을 하기 시작했다. 그동안 한 번도 그런 격한 감정 표현을 하지 않던 아이라 처음 보는 모습에 당황해서 윤하를 진정시킨 후에 엄마와 상담을 하며 왜 그랬는지 의논하다 보니, 문제는 나에게 있었다. 그 책에 나오는 새는 부엉이가 아니라 올빼미였던 거다. 평소에도 윤하는 엄마가 동물 이름이나 공룡 이름 같은 걸 실수하면 말은 안 하고 울곤 한다는 거였다. 언어 표현이 능숙하지 못한 윤하는 내가 올빼미를 계속 부엉이라고 부르자 수정해 주지는 못하고 따라 말하면서도 속으로는 계속 속이 상했던 모양이다.

'선생님이 무식해서 너를 울게 만들었구나.' 미안한 생각이 들었지만 미안함도 잠시, 윤하에게 우선 가르쳐야 할 언어 목표가 생겼다. 그렇게 다른 사람의 말이 틀린 것을 알았을 경우엔 수정해 주고 가르쳐 줘야 한다는 것, 나아가 자기 의견을 말하는 법을 알려 줘야 했다.

그다음 수업부터는 내가 동물 이름을 틀리면 "코끼리 아니고 코뿔소예요"라는 식으로 선생님의 말에서 틀린 부분을 수정해 주는 수업을 계속 반복했는데, 처음에는 일부러 틀리는 이름에도 울컥하며 말을 못하더니 시간이 지나자 차츰 수정하려는 의도를 보이기 시작했다. 그렇게 차츰차츰 어눌하지만 수정해 주는 활동을 하다 보니 나중에는 이런 질문을 하고 알려 주는 경지에 이르렀다.

"부엉이랑 올빼미랑 어디가 달라요?"

"귀깃이 달라요."

"윤하야 귀깃이 뭔데?"

"눈썹 모양 털이요."

무식하던 선생님은 윤하 덕분에 부엉이는 귀깃(눈썹 모양 깃털)이 있고 올빼미는 없다는 것도 배웠고, 사슴벌레와 장수풍뎅이는 뿔 개수로 구분할 수 있다는 것도 배웠다.

아는 것이 너무나 많은 윤하는 그 많이 아는 것을 다른 사람에게 표현할 줄 몰랐다. 자신이 알고 있는 지식을 알려 주고, 그 지식을 소통의 수단으로 사용해야 한다는 사실도, 뭐라고 수정해 줘야 하는지 표현 방법도 몰라서 답답해하던 윤하는 방법들을 배우자 조금씩 남을 가르쳐 주면서 말에 대한 재미를 알아 가기 시작했다. 이제는 잘난 척과 자신감의 미묘한 차이 또한 배워 가야 하겠지만, 자신의 지식을 타인과의 소통에 사용할 수 있다는 것을 조금씩 조금씩 배우고 있다.

《매력DNA》라는 SBS스페셜 제작팀에서 만든 책에 이런 구절이 있다.

이제 나의 뇌를 다시 정립하자. 정보를 아는 것보다 '사람을 아는 것'이 21세기 사회에서 성공을 향해 가는 데 더 중요하다. 적을 만들지 않고, 남의 장점을 찾아내 칭찬하며 누구와도 원활하게 의사소통할 수 있는 힘, 이것이 당장의

성적보다 아이의 미래를 바꾸는 첫 단추다.[3]

　나는 이 구절에 정말 많이 공감한다. 정보를 아는 것으로 끝나지 않고 정보를 통해 다른 사람과 공유하며 의사소통하는 것, 나아가 다른 사람과 교감할 수 있게 되는 것이 인지적인 것을 담는 것보다 중요한 뇌의 몫인 것이다. 그래서 나도 아이들을 가르칠 때 인지적인 지식보다 상호작용과 관계 이해를 더 중요하게 가르치게 된다. 사실 내가 발달장애 아이들을 치료한다고 하면 모두들 지능이 떨어지거나 말을 못하는 아이들을 가르칠 거라고 생각하는데, 매우 똑똑한 아이들이 엄청 많다. 드라마나 영화에도 자주 등장하는 서번트 증후군savant syndrome이라 불릴 정도의 천재성 있는 아이들도 많은 편이다. 그리고 설령 발달장애 아이들이 지능은 낮더라도, 자기 자신이 좋아하는 한 가지는 놀라울 정도로 집중하여 정보를 받아들이기 때문에 그 분야의 전문가만큼 구체적으로 알고 있는 경우가 많다. 그렇지만 사회성이 워낙 떨어지다 보니 그 많은 지식들을 혼자만 알고 다른 사람에게 알려 주는 경우는 거의 없다.

　대학 다닐 때 과외 아르바이트를 하는 친구들끼리 이런 얘기들을 했었다.

　"학교 다닐 때 문제 푸는 걸 이렇게 잘했으면 서울대 갔을 텐데⋯."

중고등학생 시절에는 그렇게 안 풀리던 수학 문제들이, 과외 선생님이 되어 학생을 이해시키기 위해 풀어 주고 설명하다 보면 그렇게 쉬울 수가 없다. 그리고 학생을 이해시키기 위해서 내가 아는 모든 것을 동원해서 설명해 놓고 나 스스로 놀랄 때도 많았다.

아이들의 언어도 그렇다. 혼자 알고 지식으로 받아들이는 언어가 많은 게 중요한 게 아니다. 다른 사람의 요청에 자신의 정보를 제공하고 타인을 이해시키는 수단으로 언어를 사용하기 시작하면 상호작용도 늘고 언어도 훨씬 늘 수 있다. 가정에서 동생에게 책을 읽어 주거나, 선생님 놀이를 하며 가르치는 역할을 하다 보면 아이들은 다른 사람의 이해를 돕기 위한 언어들을 많이 구사하게 되고 다른 사람과의 대화가 재미있게 느껴질 수 있다.

아이들보다 무식한 게 자랑은 아니지만, 선생님도 모르는 게 많다 그리고 배워야 할 정보들도 많다. 그래서 아이들을 통해 배우고 새롭게 알아 가는 것들이 무궁무진하다.

얘들아, 언제나 배울 자세로 만나려고 노력 중이니, 너희들의 그 많은 정보들로 선생님을 가르쳐 주렴.

4.
다이달로스 콤플렉스

그리스 신화에 나오는 다이달로스는 아테네로부터 기술을 전수받은 건축과 공예의 명인으로 장인의 아버지로 불린다. 그는 괴물을 가두어 달라는 미노스 왕의 부탁을 받고 미궁을 지어 주었는데 훗날 다이달로스 자신이 미노스 왕의 미움을 사 자신이 만든 미궁에 갇히게 된다. 그래서 다이달로스는 아들 이카로스와 함께 밀랍으로 날개를 만들어 미궁 탈출에 성공한다. 하지만 아들 이카로스는 하늘을 날 수 있다는 기쁨에 태양을 향해 너무 높이 날다가 밀랍이 녹으면서 바다에 떨어져 죽게 된다. 자신의 장점으로 인해 오히려 곤란에 빠지게 된 다이달로스에 관한 이야기이다.

2006년 LG경제연구원에서 〈병든 조직의 5가지 콤플렉스〉에 대한 보고를 내놓아서 경제지에 많이 실린 적이 있었다. 그 중에 내가 관심 있었던 것은 다이달로스 콤플렉스였다. 조직의

효율성을 높이기 위해 만든 제도가 오히려 효율성을 떨어뜨리는 경우에 사용한다는 이 경제 용어가 내가 만나는 엄마들에게 자주 듣는 이야기의 내용과 닮아서였다.

내게 교육받으러 오는 현우의 엄마가 가장 자주하는 말은 "천재인줄 알았는데…"이다. 아기 때부터 남달랐던 현우는 걸음마를 배우고 뒤뚱뒤뚱 걸으면서도 방문턱을 지날 땐 꼭 까치발로 사뿐 넘을 정도로 조심성이 남달랐고 넘어지는 법도 없었다고 한다. 엄마 옷에 머리카락이 붙으면 오밀조밀한 손가락 두 개로 정확하게 떼어 내고, 작은 소리에도 반응하며 두 돌이 지나면서는 숫자, 퍼즐에도 관심을 보여서 책꽂이에 꽂힌 책들의 숫자가 순서대로 놓여 있지 않으면 꼭 순서대로 정리하고 퍼즐도 언제 맞췄는지 꼭 맞춰서 정리해 뒀다고 했다. 남다르게 예민하고 영민하던, 그렇지만 혼자 놀기에만 빠져 있던 현우는 유치원에서 주의를 듣게 되었고, 결국은 소아정신과에서 발달장애로 진단받고 치료 교육을 받기 시작했다. 엄마는 가끔 내게 한탄을 하셨다.

"어떻게 장애일 수가 있죠? 이렇게 똑똑한데…."

어려서부터 너무 조심성 있고 결벽적으로 예민하던 현우는 감각적으로 문제가 있어서 그런 거였다. 숫자와 문자에 관심이 많고 잘하는 것은 현우의 장점이었지만 숫자와 문자만 집중하는 현우의 특성이 사회성 발달에 장애가 되어, 혼자 문제를 내고 혼자 푸는 것만 좋아해서 또래 아이들과 멀어지는 아이로 만들었다. 장점인 줄 알고 어려운 퍼즐을 사주셨다는 현우 엄마는 "좀 특별하다고 생각하긴 했는데…" 하셨다.

요즘 엄마들은 유아 교육 서적을 많이 읽으신다. 교육에 관심이 많은 것은 장점이지만, 정보들을 무조건 신뢰하여 곤란을 겪게 되는 경우가 많이 생긴다. 처음 내가 치료 일을 시작할 때만 해도 ADHD에 대해 모르는 엄마들이 훨씬 많았지만 요즘 엄마들은 대부분 알고 계신다. 그래서 집중력에 대한 관심이 높고 그런 책들도 관심 있게 보시는데, 혼자 놀이를 하고 있을 때 다른 장난감을 주거나 끼어들면 아이의 집중력이 떨어지고 산만해진다는 책들을 접하신 엄마들은 아이가 집중하고 있을 때는 방해하지 않고 집중을 도와주는 경우가 많다. 그런데 그것도 모두 다 정답은 아니다. 연령이 어린(3~5세) 아이가 퍼즐이나 블록, 자동차 등의 한 가지 놀이를 한두 시간 무아지경으로 집중해서 논다면, 엄마를 귀찮게 하지 않는 집중력 좋은 효자라며 무조건 칭찬해 줄 일이 아니다. 그렇게 한 가지 놀이에만 몰두하는 것은 집중이 아니고 집착일 확률이 높다. 그리고 놀이에 어른들이 끼어들지 말라는 거지 '참여'하지 말라는 것은 아니다.

한번은 치료실에서 엄마에게 다섯 실 아이랑 놀이에 참여해 주시라며 모자의 놀이를 관찰한 적이 있었는데, 아이가 퍼즐을 하자 엄마는 "옳지, 잘하네, 여기에 끼워, 돌려 보자, 여기여기, 그렇지" 하며 적극적인 추임새와 칭찬으로 아이의 놀이를 계속 격려해 주셨다. '칭찬은 고래도 춤추게 한다'는 이론을 잘 실천하며, 옆에서 그렇게 격려를 해주었지만 아이는 한 번 맞추더니 다른 장난감으로 눈을 돌렸다. 안타깝게도 이 엄마는 좋은 놀이 참여자가 아니었다. 이런 게 유아 교육 서적에서 말한 산만한 아이가 되는 경우다. 그 엄마가 보여 준 놀이는 '참여'가 아니라 '참견'이였다. 아이들은 영혼 없는 칭찬을 귀신같이 알아차린다. 그래서 그런 추임새와 칭찬에는 감동받지 않는다. 안 그래도 집에서 엄마에게 잔소리를 자주 들을 텐데 놀이까지 간섭이나 참견을 받고 싶지 않기 때문에 아이는 놀이에서 관심을 돌리는 것이다. 퍼즐이 동물이라면 눈, 귀, 코, 머리, 다리 등의 먼저 찾기, 번갈아 가며 맞추기, 서로 조각 숨겨 놓고 찾기 등의 놀이를 하며 퍼즐을 할 수도 있다. 사회성이 좋은 아이라면 어른의 '참여' 놀이를 거부하지 않는다. 혼자 노는 것이 너무 자주 발견된다면 집중력이 좋은 것이 아니라 사회성이 나쁜 것일 수도 있으므로 아이의 놀이를 관찰하거나 '참여'해 보는 것은 무척 중요하다. 이렇듯 엄마들의 수많은 정보들이 장점이 될 수도 있고 때로는 단점이 될 수도 있다.

내게 오는 꽤 많은 아이들은 어려서부터 특별한 점이 있는 경우가 많다. 혼자 둬도 한 시간씩 블록 쌓기를 하며 집중을 잘 했다거나, 밖에서 나는 아빠 차의 소리를 구분했다거나, 영어책을 보고 혼자 배웠다거나 등 뭔가 특별한 점들이 있다. 내가 전 공한 특수교육, Special Education처럼 스페셜한 아이들을 자주 만나게 된다. 아이들의 특별한 점들이 사랑스럽기도 하지만 그로 인해 아이들이 자신의 세계에 갇히게 될 때엔 그 특별함이 원망스럽기도 하다. 장점을 잘 활용해서 단점조차 극복해낼 수 있기를, 다이달로스의 슬픔이 반복되지 않기를 바랄 뿐이다.

5.
투사 엄마들

내가 꾸준히 참여하지는 못했지만 몇 번 나가던 장애인 봉사 모임이 있는데, 그곳에서 알게 된 사회복지사 선생님이 직장을 옮겨서 우리 치료실과 같은 지역 장애인복지관으로 오게 되셨다. 최근 장애인 복지관이 생기며 우리 치료실에 있던 아이들도 그 복지관을 많이 이용하기에 복지관에 대한 이런저런 이야기를 나누다 보니, 선생님이 "여기 엄마들 너무 세서 힘들지 않아요?" 하고 말했다.

10년 가까이 이 지역 치료실에서 일하면서 특별히 이곳 엄마들이 세다고 생각한 적은 없었기에 선생님의 그 질문이 잘 이해되지 않았다. 게다가 그 선생님에게 복지관에 다니는 아이들의 이야기를 듣다 보니, 세서 힘들다고 구체적인 예로 든 엄마는 우연히도 내게 치료받으러 오는 아이의 엄마였다. 내가 겪어 본 바로는 워낙 다정하시고 아들 둘을 둔 엄마답지 않게 여성스러운 분이셔서 선생님의 그런 반응이 무척 의아하게 느껴졌다.

솔직히 나는 사설 기관에서 일하는 거라 엄마들이 과도한 요구가 없는 편이다. 마음에 안 들면 그만두면 되고 서로 의견이 안 맞는데 얼굴 붉혀 가며 치료를 고집하는 경우가 없어서 엄마들이 투사로 변신하는 모습을 목격할 기회가 없다. 그런데 공공 기관이나 복지 시설에서 일하는 선생님들의 경우에는 장애인 아이를 둔 부모들의 권리 요구 때문에 힘들다고 한탄했다. 기관의 입장에서는 복지의 한계가 있기 마련인데, 논리적이고, 하고 싶은 말 다 하고, 권리 찾으면서 많은 걸 요구하시는 어머니들의 과도한 투사 기질이 버겁다는 내용이었다.

그런데 미안하게도 나는 내가 겪는 어려움이 아니라서인지, 동종 업계(?) 선생님들이 보기에 좀 얄밉게도 엄마들 편이다. 나도 물론 까다로운 엄마들을 만나기는 한다. 까탈이 많은 데다 내 수업의 하나하나 가르치려 들고 트집 잡기도 하고 자신의 문제는 회피하는 엄마들을 만날 때면 아이들 수업이 힘든 게 아니라 엄마와의 기싸움이 힘들어서 욱하는 맘이 들 때도 있지만, 그나마 '이런 특수교육 기관 선생님들은 받아줄 거란 굳은 믿음 갖고 까탈을 부리시는 건데 여기서마저 안 받아주면 어쩌겠나' 하는 맘으로 다 이해해 드리곤 한다. 그런데 이런 엄마는 성발 어쩌다 한 분 만날까 말까고, 내가 만나는 엄마들의 대다수는 항상 주눅 들어 있다.

보통 수년을 장애와 문제 행동이 있는 아이들과 지내다 보니 아이들의 문제를 누구보다 잘 안다. 그래서 다른 사람들이 아이들을 돌볼 때 얼마나 힘들지 더 잘 이해한다. 그러다 보니 유치원이나 학교에서는 선생님들에게 무조건 사과부터 한다. 워낙 얘기치 않은 사건 사고를 많이 일으키는 아이들이다 보니 유치원에서 뭔가 작은 일이 생겨도 '우리 아이가 잘못한 것은 아닐까?' 하며 노심초사하신다. 엄마들은 일반 교육 기관에 가서 선생님들이나 학부모들을 만나면 무조건 작아지신다. 게다가 학교를 가고 학년이 올라갈수록 기운은 더 없어지고, 고개는 더 숙여지고, 목소리는 점점 더 작아지게 된다. 그나마 그런 엄마들이 목소리를 낼 곳은 특수교육 기관이나 복지 시설밖에 없다. 그런 엄마들의 사정을 알다 보니, 그곳에서라도 엄마들이 목소리를 내고 있다는 게 한편으로는 다행이다 싶었다.

재미있지만 지극히 남성성이 강한 책이라 거부감이 들기도 하는 책, 니코스 카잔차키스가 지은 《그리스인 조르바》에 보면 조르바가 이렇게 소리치는 장면이 나온다.

…하지만 감히 선언합니다만 나이 먹을수록 나는 더

거칠어질 겁니다. 어느 놈도 사람이란 나이를 먹으면 침착해진다는 소릴 못하게 할 겁니다. 죽음이 오는 걸 보고는 목을 쭉 내밀고 "날 잡아 잡수, 그래야 천당 가지!" 이 따위 소리는 못하게 하고말고요. 오래 살면 오래 살수록 나는 반항합니다. 나는 절대로 포기하지 않습니다. 세계를 정복해야 하니까요!⁴

　뭐 그 상담자 기세에 공감할 수는 없지만, 호탕하고 시원시원한 조르바처럼 우리 엄마들도 세계를 정복할 듯한 기세로 당당하게 소리치며 살아가면 좋겠다. 아이들이 자라 갈수록, 학교에 갈수록 더 목소리를 내는 학부모들이 되면 좋겠다. 목소리 높여 다 토해 내고 카타르시스를 느끼게 된다면 그것도 다행스러운 일이지만, 그게 다가 아니고 결국은 아이들에 대한 복지나 처우 개선의 성과까지 얻어 내면 더 감사한 일일 테니 말이다. 한없이 여성스럽고 귀여운 그 엄마가 복지관에서는 투사로도 변신한다는 사실이 반갑기도 하고, 그렇게 순한 엄마가 본성을 지우고 싸움꾼으로 나설 만큼 아이 일에 관해서는 절실하단 사실에 짠한 마음도 들어서 수업에 오셨을 때 텔레파시를 마구 쏘며 맘속 깊은 곳에서부터 응원을 보냈다. 너무 싸움꾼처럼 매번 치받는 모습으로 변신하실 엄마도 아니었지만, 설령 그런 모습을 보일 만큼 강한 투사가 된다 하더라도, 그래도 나는 기도할 거고, 응원해 드릴 거다.

이 세상과 맞서 싸워 가는 투사 엄마들 모두모두 파이팅!

6.
그것마저 부러운걸요

엄마와 함께 지하철을 타고 치료실에 오는 형석이가 오늘도 변함없이 씩씩하게 수업을 받으러 왔다. 그런데 평소와는 달리 엄마의 표정이 어두웠다.

"무슨 일 있으셨어요?" 하고 내가 물었다.

"뭐 맨날 있는 일인데 오늘은 치밀어 올라서 홧김에 형석이 등짝을 때렸네요" 하고 엄마가 대답하셨다.

수업에 들어가서 형석이에게 왜 엄마한테 맞았는지 물어봤는데 형석이는 다른 얘기하느라 정신이 없어서 왜 맞았는지 이유도 말하지 못했다. 그냥 지하철 올라오는 에스컬레이터에서 등을 맞았다는 얘기만 할 뿐이었다. 더 묻고 싶었지만 이유 없이 맞았다고 생각하는 아이에게 자꾸 물어봐야 어차피 설명 못할 듯해서 수업을 진행한 후, 끝나고 엄마와의 상담 시간에 여쭤 봤다.

"오늘은 형석이가 또 무슨 밀씽을 부렸어요?"

엄마는 예상치 못하게 생뚱맞은 대답을 하셨다.

"형석이가 차라리 지체장애였음 좋았을 뻔했어요…"

너무 예상치 못한 대답에 내가 정색하며 말했다.

"어머님, 왜 그런 말씀을 하세요? 지체장애 어머님들 들으면 큰일 날 소리를!"

"별소릴 다하죠?"

본인도 어이없다 생각했는지 웃으며 말씀하셨다.

6학년인 형석이는 키도 크고 엄마가 옆에 있는 걸 싫어해서 지하철을 같이 타도 조금 멀찍이 떨어져서 엄마는 자리에 앉아 있고 형석이는 문 앞에 서서 온다 한다. 발달장애에 큰소리로 헛기침을 하는 틱도 있는 형석이는 평소와 다름없이 문 앞에 서서 문만 쳐다보며 혼자 지하철에서 나오는 방송을 종알종알 따라 하고 있었다. 그런데 오늘 따라 지나가던 중년 아저씨가 형석이에게 혼자 뭐 하냐며 말을 붙이셨고, 형석이는 신경 쓰지 않고 혼잣말을 하다가 당황스러워 헛기침도 크게 했었나 보다. 그러자 그 아저씨는 대답 안 하는 형석이로 인해 무안했는지 큰소리로 '왜 이런 장애인을 혼자 내보내냐, 시끄러워서 지하철을 못 타겠다'라고 형석이를 쳐다보며 좋지 않은 소리를 하고 지나가셨다고 한다. 형석이 엄마는 너무 당황했는데 그 순간

어찌할 바를 몰라서 대처하지도 못하고 그냥 앉아 있던 자신이 미안하고 자책되기도 하고, 지적을 들었으면 조용히 하지 더 큰 소리를 내서 꾸중을 들은 형석이가 답답하기도 하여 마음이 복잡했다고 한다. 지하철을 내려서도 분이 안 풀려 에스컬레이터에 서 있는 형석이를 보고 갑자기 등을 때리고 나서 수업을 기다리는 내내 별의별 생각이 다 들었다며 한탄을 하셨다. 어차피 장애를 갖고 태어날 거라면 티가 나면 좋았을 것을 발달장애는 티가 안 나서 모르는 사람들에게 더 자주 오해를 받는다는 이야기였다.

뭐라고 해드릴 말씀이 없어서 앞으로 형석이가 지하철에서 조용히 오갈 수 있도록 방법을 찾아보자고 이런저런 대안을 생각하며 기분을 풀어 드리고 상담을 마치면서 말했다.

"어차피 만약인데, 아예 장애를 안 갖고 태어났으면 좋았을 거라고 생각을 하셔야지 왜 다른 장애를 부러워하세요?"

"그러게요. 너무 오래 '장애가 없었으면'이라는 생각을 안 하며 살았더니 그런 건 상상으로도 잘 안 되네요."

힘없게 웃으며 하시는 말씀에 가슴이 아려 왔다.

내가 재미있게 읽은 책 중 가네시로 가즈키가 지은 《Go》라는 일본 소설이 있는데, 재일 한국인으로 살면서 차별을 감수하는 주인공이 이런 말을 한다.

닌 지금까지 차별을 당하고서도 태연했어요. 차별을 하는
놈은 대체로 무슨 말을 해도 알아듣지 못하는 놈이니까,
한 대 쳐주면 그만이고, 싸움은 자신이 있었으니까 전혀
아무렇지도 않았어요. 앞으로도 그런 놈들한테는 아무리
차별당해도 태연할 수 있을 거예요.

그런데 그녀를 만나고부터는 차별이 두려워졌어요. 그런
기분 처음이었어요.

⋯⋯그녀는 차별 같은 거 할 여자가 아니라고 생각하면서도.
하지만 난, 결국은 그녀를 믿고 있지 않았나 봐요. 가끔 내
피부가 녹색이나 뭐 그런 색이면 좋겠다고 생각해요. 그러면
다가올 놈은 다가오고 다가오지 않을 놈은 다가오지 않을
테니까 알기 쉽잖아요.[5]

예전에 이 구절을 읽다가 '작가의 상상력이란 정말 기발하구
나' 하면서 감탄했었는데, 형석이 엄마의 얘기를 듣고 보니 이
소설의 작가도 상상력을 동원한 것이 아니라 자신이 재일 한국
인으로서 차별을 몸소 당하며 느낀 진심일지도 모르겠다는 생
각이 들었다. 주인공이 어차피 차별을 받을 거라면 피부색이
아예 녹색이나 그런 색이라면 좋겠다는 말을 하는데, 형석이
엄마가 말하는 티 나는 장애가 부럽다는 말이 뭔지 알 것 같았

다. 장애가 티가 많이 나더라도 배려해 주고 도울 사람은 다가올 것이고, 아니라면 그냥 무심히 신경 쓰지 않고 지나치길 바라는, 지나친 관심도 지나친 차별도 버거운, 장애아를 둔 지친 엄마의 마음이 전해지는 듯했다.

자녀 교육도 제대로 못 시키는 몰상식한 부모 취급을 받기도 하고, 자녀가 차별당하고 무시당하는 것을 눈으로 보며 당황해서 대처도 못하고 나면, 오랜 시간 두고두고 자책하며 속상해하고 원망하는 엄마들을 보게 된다. 그러면 여러 방면에서 무심코 행해지는 사람들의 차별이 얼마나 큰 상처인지 깨닫게 되기도 하고 나의 무심한 행동들도 다시 돌아보고 반성하게 된다.

가장 좋은 것, 장애가 없는 형석이의 모습은 오히려 상상해본 적이 없다는 형석이 엄마의 웃음 섞인 한탄을 들으며, 그런 당연한 욕심조차 부려 본 적 없는 엄마의 아픔이 전해져서 참 마음 아픈 날이었다.

7.
큐를 줄이는 삶

처음 치료사가 되고는 시간도 많고, 배워야 할 것도 많아서, 원장 선생님의 수업을 참관할 일이 많았었다. 이론으로만 배우던 수업의 한계에 목말라 하다가 뭔가 다른 능숙한 전문가의 기술이 느껴지는 수업을 참관할 수 있는 기회가 있다는 게 너무 좋아서 원장 선생님의 수업 보조로 들어가는 게 기다려졌었다. 그러다가 시간이 지나자 원장 선생님은 한 번씩 그룹 수업 중에 책 읽기 시간이나 끝나기 전 짧은 시간, 나에게 수업 진행을 시키셨다. 초보 시절에 나를 지켜보는 원장 선생님을 뒤에 두고 수업을 진행하고 나면 그렇게 떨릴 수가 없었다. 한 명씩 개별 수업만 진행하다가 그룹 수업을 하려면 어떤 아이와 눈을 맞춰야 할지, 누구의 수준으로 질문을 해야 할지 몰라서 멘붕 상태가 되곤 했다. 그래서 나를 보는 아이들과 눈 맞추며 주절주절 하나하나 꼼꼼하게 책을 설명해 주고 이해시키려 노력하곤 했었는데, 어쩌다 가끔 만족할 만한 수업을 했다 싶어 으쓱해지는 날이 있으면 선생님은 어김없이 코멘트를 하셨다.

"치료사가 너무 말이 많으면 안 돼요. 너무 하나하나 설명하려고 애쓰지 마세요. 다 알려 주지 말고 아이들이 말할 기회를 주세요."

내가 다른 치료사도 아니고 언어를 가르치는 언어치료사인데 자꾸 말을 줄이라고 지적을 하시는 게 매번 들으면서도 잘 이해되지 않았다. 설명을 잘 해줘야 아이들이 수업을 잘 이해할 수 있을 것 같아 뭐라도 알려 주려고 안달이었는데, 말이 없는 게 문제인 아이들과의 수업에서 말을 줄이고 수업을 진행하라니….

치료실에서 수업을 하다 보면 엄마들이 문 앞에서 귀를 대고 수업 중에 무슨 얘기를 하는지 듣고 계실 때가 많다. 엄마들들으라고 수업 시간에 말을 하는 것은 아니지만, 그래도 귀 대고 듣는 열정적인 엄마들이 계시는데 나는 말이 없고 아이의 소리만 방에서 새어 나오면 엄마들이 더 궁금하고 답답할 것 같기도 하고, 언어를 가르치면서 말을 줄이고 수업한다는 게 불가능한 것처럼 보였다. 당시 원장 선생님의 수업에서 지적을 받을 때마다 나에게 고치기 힘든, 무리한 요구를 하는 것 같아 부담 되고 불만스러웠다.

그런데 점점 경력이 늘고 기술과 요령이 생기면서 아이늘과 함께한 시간이 많아지니, 그 '말을 줄이라'는 의미를 점점 알게 된다. 아이들에게 주는 힌트, 즉 언어적인 큐cue를 줄이라는 의미였던 것 같다.

'가르치는' 입장이 되고 보면 자신도 모르는 사이 설명하는 게 습관이 되곤 한다. 그런데 아이들은, 특히 발달이 늦은 아이들은 그런 설명에 잘 귀 기울이지 않는다. 그리고 말로 다 얘기해 주는 것에 익숙한 아이들은 따라 하기만 할 뿐 생각해서 말하려는 의도가 잘 늘지 않는다. 아이가 말하는 걸 기다리지 못하고 스스로 생각할 시간을 못 참고 자꾸 힌트를 주다 보면 나도 아이도 힌트를 기다리고, 첫 글자를 말해 주길 기다리거나 입모양을 보려고 하는 등의 요령만 느는 아이로 가르치게 될 확률이 커지는 것이다.

나는 언어를 가르치다 보니 말로 알려 주려 하거나, 그림 자료, 카드, 첫 글자 등으로 자꾸 자극을 제공하며 아이의 말을 촉진하려 한다. 물론 말에 대한 의도가 부족하고 소극적인 아이를 만났을 경우에는 자극적인 활동으로 아이의 흥미를 유발하는 것은 매우 중요하다. 그러나 좀더 시간이 지나면 자극을 줄이면서 힌트도, 자료도, 자극되는 모든 것이 없을 때에도 아이가 스스로 말하고 설명하고, 주제에 맞는 대화를 유지하게 하는 것이 진정한 언어치료의 목표인 것을 자꾸 잊고 아이와 경쟁하듯 치료사인 내가 더 많이 말하려고 욕심을 부릴 때가 있다.

법정 스님이 쓰신 《일기일회》라는 책에 있는 다음의 글이 맘에 닿아서 밑줄 그어 둔 적이 있다.

> 될 수 있는 한 적게 보고, 적게 듣고, 적게 먹고, 적게
> 입고, 적게 갖고, 적게 말하는 습관을 들여야 합니다.
> 그래야 참으로 볼 것, 들을 소리, 또 살아야 할 삶을
> 챙길 수 있습니다. 그렇게 할 때 업의 덫에 걸려들 확률이
> 줄어듭니다. 이것은 소극적인 생활 태도가 아니라 지혜로운
> 삶의 선택입니다.[6]

삶의 태도에서만이 아니라, 내가 말이 많아지고 아이들에게 참견하고 싶은 마음이 강해질 때 꼭 필요한 구절이다. 아이들이 말해야 할 순간 힌트를 말해 주고 싶어 몸과 입이 근질근질할 때 이 구절을 기억하려 한다. 될 수 있는 한 적게 말하고, 적게 자극을 주고, 적게 참견하려는 마음이 필요한 때이다.

동양화에 대해 얘기할 때 빠지지 않는 말은 '여백의 미'일 것이다. 여백을 보며 그림을 보는 사람들의 생각을 투영할 수 있

는, 그리는 사람과 감상하는 사람의 생각이 맞아떨어지지 않더라도 여유를 주는 여백. 나는 아이들을 가르칠 때에도 동양화에서와 같이 여백, 휴지休止가 필요한 것 같다. 자극에 너무 많이 노출된 분주하고 복잡한 아이들에게 스스로 생각하고 스스로 찾아낼 시간을 주는 것. 가르치는 사람들이 말을 줄이는 습관. 그건 소극적인 치료사의 태도가 아니라 지혜로운 선택이라고 법정 스님의 글을 빌어 감히 말하고 싶다.

8.
매일 다른 나를 선물하는 것

나는 참 끈기가 없는 사람이었다. 학창 시절에 학원을 등록하면 꾸준히 배우지 못하는 편이고, 결심하고 마음먹은 것도 작심삼일이 되기 일쑤였다. 그래서 뭐든 끈기 있게 오래 배우거나 유지해 본 경험이 별로 없다. 하다못해 연애도 오래 못했다. 모든 일에 금세 싫증을 잘 낸다. 그런데 참 신기하게도 특수교육 일을 시작하고는 중간에 쉬어 본 적도 없이 10년이 넘도록 꾸준히 했다. 일을 관두거나 쉬지도 않고 꾸준히 한 덕분에 치료실에서 보너스를 받아 여행을 다녀오기도 했고, 주변 사람들에게 끈기 있다는 칭찬을 받는, 원래의 기질과는 완전 다른 평판을 듣는 사람으로 변모했다. 내가 생각해도 너무 대견하게도 내 일에서는 싫증을 내지 않고 있다.

스스로 생각하기에도 대견할 만큼 철이 든 것도 있겠지만, 찬찬히 생각해 보면 나의 일을 끈기 있게 할 수 있는 가장 큰 이유는 싫증이 나지 않기 때문이나. 내가 만나는 아이들은 싫증 날 틈이 없다. 매일매일 새로운 아이들. 좋은 쪽으로든 나쁜 쪽으로든 지루할 틈 없이 나를 정신없게 만들어 주는 아이들 덕분(?)에 이 일을 싫증 내지 않고 할 수 있는 것 같다.

심리학자 제임스 홀리스가 부부에 대해 "우리가 배우자를 위해서 할 수 있는 최선의 일은 배우자에게 처음보다 더 나아지고 흥미를 끄는 나를 선물하는 것"이라고 쓴 글을 보고 기록해 둔 게 있다.(안타깝게도 어느 책인지는 내가 기록해 두지 않았다.)

정말 좋은 생각인 것 같다. 큰 이벤트나 놀라운 선물보다 최선의 일은, 처음보다 나아지고 흥미를 끄는 나를 선물하는 것. 이 글을 읽으면서 멋지다고 생각했었다. 흥미를 끄는 나를 선물하는 것은 비단 부부만의 관계에서 일어나는게 아니라 모든 인간관계에서 필요한 일인 것 같다.

나의 일을 싫증 내지 않는 가장 큰 이유는 내가 만나는 아이들이 이렇게 매일매일 흥미를 끄는 새로운 모습을 선물해 주기 때문이다.

사실 사람인지라 일이 익숙해지고 긴장감이 떨어지게 되면서 무료해지고 매너리즘이라는 것이 찾아오곤 한다. 그럼 또 어김없이 선생님이 매너리즘에 빠져서 편하게 수업하는 꼴은 봐줄 수 없는 우리 아이들은 정말 생뚱맞은 문제 행동으로 선생님이 고민하고 바빠질 수밖에 없도록 만들어 준다. 봄이면 새 학기라 적응 못해서 또래 친구들끼리의 관계에서 문제들이 생기고, 방학에 놀다 오면 다시 앉아서 수업받는 습관 들이느라 다시 기싸움 한 판 하다 보면 일 년 내내 매너리즘에 빠질 틈이 없게 된다.

뭐 가끔은 어제 배운 것을 오늘 하나도 기억 못 하고 완전 해맑은 모습을 보여 주기도 해서 '누구냐 넌? 우린 지난 시간에 뭐 한 거냐?' 하는 마음으로 욱하게 만들어 주는 아이들. 바람직한 변화나 긍정적인 흥미는 아니지만, 이 또한 새로운 모습이라, 희한하게 의욕 돋는다.

그리고 대부분의 아이들이 하루아침에 짜잔, 하고 변화되는 이벤트를 보여 주진 않지만(보여 줘도 기절하지는 않을 테니, 한 번쯤은 보여 줘도 좋으련만…ㅋ) 매일매일 조금씩 변화된다. 하나씩 배운 것을 기억해서 대답하기도 하고 나아지는 모습을 보여 주는 예쁜 아이들도 만나고, 사이사이 문제 행동을 한가득 보여 줘서 애정인지 애증인지 모를 정도로 묘한 감정이 드는 아이들도 만난다. 그런 아이들일지라도 초기 상담 때의 보고서와 비교해 보면 결국은 나아진, 조금이라도 변화된 모습이라서 보고 있으면 저절로 미소가 지어지고 어깨에 힘이 생겨 싫증 내지 않고 이 일을 꾸준히 하게 되는 것 같다.

쉽게 싫증 내고, 지루하면 힘들어하는 나의 기실을 아시는 하나님이 나에게 딱 맞는, 지루할 틈 없는 아이들을 돌보는 이 일을 허락해 주신 듯해서 참 감사한 맘이 든다.

물론 매일매일 긍정적인 변화들을 통해 나아진 모습을 보여 준다면 그게 가장 최고겠지만, 가끔은 퇴보하는 듯하더라도 결과적으로는 조금이라도 변화되고 흥미를 끄는 모습을 보여 주는 아이들. 책을 통해 배운 '처음보다 나아지고 흥미를 끄는 나를 선물하는 것'이 아니더라도 '매일매일 다른 나를 선물하는 것'으로도 선생님이 지루할 틈 없고 끈기 있게 해줄 수 있다는 것을 아이들을 통해 배우며 이런 변화 덕분에 서로에게 기대하게 되고 관계가 유지되는 것을 감사하게 된다. 정말 매일매일 다른 모습을 선물해 주는 나의 아이들에게 항상 쌩유thank you다!

9.
고마움

몇 년 전, 내게 수업받으러 오던 주원이는 전형적인 주의력 결핍 장애ADD였다. 행동이 크게 부산스러운 건 아니지만, 어떤 일이든 집중하지 못하고 금세 다른 일로 관심을 돌리고, 생각을 너무 집중하지 못하니까 다른 사람들의 이야기도 주의 깊게 듣지 못해서 타인과 의사소통도 원활히 진행하지 못하는 아이였다. 주원이가 치료실에 처음 올 당시에 주원이 엄마는 너무 유난스럽고 딴생각이 많은 아이의 성향 때문에 극도로 지쳐서 정말 바짓가랑이라도 잡는 심정으로 병원에 가서 진단을 받으셨다고 한다. 그러나 주원이 아빠와 시댁 식구들은 주원이가 다른 부산스런 남자아이들에 비하면 집중만 잘 안 할 뿐이지 큰 문제 아니라며 약물 치료를 반대했다. 그래서 병원에서 권유한 약물은 시작하지 못하고 울며 겨자 먹기로 특수교육이라도 받으려고 치료실에 오신 것이다. 다른 사람들이 보기에는 과잉

행동이 심한 ADHD(주의력 결핍 과잉행동 상애)에 비하면 그렇게 부산스럽지도 않고 그냥 딴생각이 많고 약간 말이 안 통하는 아이가 뭐가 그렇게 크게 문제일까 싶었지만, 제일 가까이에서 보는 엄마의 입장에서는 머리가 나쁜 것도 아닌데 놓치는 것이 너무 많고, 뭔가 한 가지 일을 유지하지 못하는 아이를 옆에서 계속 지켜보는 게 많이 힘드셨던 것 같다.

주원이와 수업을 하면서 초반에 상담을 하다 보니 아이도 가르치기 까다로운 편이라 힘들었지만 엄마도 어려웠다. 수업을 한 지 몇 달이면, 아이뿐만 아니라 엄마와도 상담을 통해 래포rapport*가 쌓이기 마련인데 좀처럼 친밀감이 형성되지 않았다. 아이의 문제를 이야기해도 시큰둥, 아이를 칭찬해도 시큰둥, 도무지 무슨 생각을 하고 계시는지 표정에서 읽히지도 않고, 아이의 문제가 답답하면 한탄을 하실 만도 한데 질문도 딱히 없고 아이와 수업한 내 이야기를 듣고 가는 게 전부였다. 그렇게 몇 달이 지속되자 나는 다른 상담 선생님께 "주원이는 곧 종결할 것 같아요. 워낙 주원이 엄마가 만족도가 낮으신 것 같으니" 하며 곧 종결하실 것 같다고 공공연히 이야기하곤 했다. 그런데 예상을 뒤엎고 6개월 이상 수업이 유지되었다. 주원이의

---

* 상호간에 신뢰하며, 감정적으로 친근감을 느끼는 인간관계

집중을 급작스럽게 좋아지게 할 수 있을 리 만무하니, 우선 집중하는 책략을 가르치기 위해 듣기 연습을 많이 하면서 아이가 지시에 따르고 끝까지 수행하는 것을 연습하기도 하고, 작은 그림 보며 얘기하는 활동을 통해 집중력에 대한 인식을 시켰다. 이렇게 약물이 아니라 교육을 통한 접근에 최선을 다하며 끝까지 이야기를 마무리하는 활동을 중점적으로 진행하며 지냈다.

그러던 어느 날, 변함없이 뚱한 얼굴로 상담 시간에 수업 내용을 들으시고는 자리에서 일어나시던 주원이 엄마가 갑자기 가방에서 "요즘 귤이 맛있어서요" 하시며 귤을 하나 책상에 꺼내 놓고는 얼른 내 방을 나가셨다. 평소 이런저런 대화를 나누던 다른 엄마들이라면 너무 자연스러운 상황일 텐데 주원이 엄마의 예상치 못한 반응에 귤을 보며 혼자 어리둥절했었다. 그런데 그 후로도 주스를 두고 가시거나, 초콜렛 등을 한 개씩 상담이 끝날 때 책상 위에 꺼내 놓고 가셨다.

그래서 하루는 "어머님! 매번 이런 거 안 두고 가셔도 되요" 하고 말씀드리자, "고마워서요, 진짜 고마워서 그래요" 하며 정말 부끄러운 듯 인사를 하고 나가셨다.

신화 작가로 유명한 이윤기 선생님이 셰익스피어의 책을 번역한 시리즈 중에 《겨울 이야기》라는 책이 있다. 이 책은 부인에 대한 남편의 맹목적인 질투로, 아내가 자신의 친구와 불륜을 저질렀다는 의심을 해서 아내, 아들, 딸을 다 죽음으로 몰아가는 시칠리아의 왕이 참회의 시간을 보내다 극적으로 용서와 화해를 하게 되는, 셰익스피어의 말년에 쓴 전형적인 로맨스 극이다. 시칠리아의 왕인 레온테스의 친한 친구이자 결국 질투를 불러일으켜서 문제의 발단이 된 보헤미아의 왕 폴리세네스가 질투를 받기 전 사이좋던 시절에 레온테스 왕에게 대접받은 것들을 감사하며 인사할 때 이런 표현을 한다.

> '0'이라는 숫자는 미미하지만 다른 숫자 뒤에 붙으면 그 수를
> 엄청나게 부풀리듯이, '고맙다'는 나의 말 또한 그렇습니다.
> 수천 번 드린 고맙다는 인사에 다시 '고맙다'는 인사를
> 덧붙입니다.[7]

나는 이 책을 읽다가 언어를 통해 아름답다는 표현이 가능한 정말 좋은 문학적 표현들을 많이 발견할 수 있어서 영국이 인도와도 바꾸지 않겠다고 한 셰익스피어의 위대한 매력들을 조금은 느낄 수 있었다.

다시 덧붙이는 '고맙다'는 인사. 나는 주원이 엄마의 '고맙다'는 말이 다른 엄마들의 수많은 세련된 표현보다 서투르지만,

(용기 낸 고마움의 표현이란 걸 느낄 수 있어서) 인사를 받는 나야말로 정말 고마웠다. 더 많은 교류를 하고 상담을 하면서 주원이 엄마의 속마음을 점점 더 알 수 있었다. 주원이가 지능이 낮은 것도 아니고 크게 산만하지도 않고 눈에 띄게 드러나는 문제는 없지만 일상에서 의사소통의 답답함을 많이 느끼시던 엄마는 언어 치료를 하고 나서 말귀를 좀 알아듣고, 엄마의 말을 곧잘 따르게 된 게 너무 기쁘셨던 모양이다. 눈에 띄는 큰 변화는 아니었지만, 가까운 사람들이 느끼던 불편함과 안타까움이 해소되는 경험들이 너무 좋다고 하셨다. 초기에는 상담 10분 내내 표정의 변화도 호응도 없던 주원이 엄마가 고마움을 표시하는 분으로 발전하셨다는 사실은 주원이의 발전만큼이나 반가운 변화였다. 물론 시간이 지나면서는 언어치료만으로 한계가 있어서 사회성 문제들로 엄마의 고민과 상담이 지속되었다. 그렇지만 치료사와 엄마가 서로 표현하며 소통할 수 있어서 초기만큼 답답해하지 않고 지혜롭게 어려운 시간들을 극복할 수 있었다.

작은 고마움도 큰 고마움도 표현하는 마음이 중요하다. 어떤 마음이든 우선은 전하고 나면 점점 마음도 커지고 서로의 이해도 더 커지는 경험을 하게 된다. 표현하고 사는 것이 참 중요한 것 같다.

10.
요술봉

　나에게 하나님이 주신 최고의 단점이자 장점은 '기억력 없음'이다. 워낙 잘 까먹는 편이다 보니 세상 사는 데 얼마나 불편한지 이루 말할 수 없다! 그렇지만 좋은 점은 재미있다는 거다. 똑같은 책도 여러 번 읽고, 꽂히는 드라마나 영화가 있으면 여러 번 본다.

　만화책은 말할 것도 없이 수십 번씩 본다. 이런 내게 재미없게 왜 본 걸 또 보냐는 사람들이 있는데…, 난… 또 봐도 생각이 안 난다. 희한하게 맨날 똑같은 부분에서 손에 땀이 나게 긴장하고, 드라마를 보면서는 기억날 듯 말 듯하며 같은 부분에서 막 눈물 나고, 매번 가슴 설레고 그런다. 나의 떨어지는 기억력 덕분에 난 별것 아닌 것도 재미나게 반복 재생할 수 있다. 뭐… 사는 데 불편하긴 하지만, 이것도 나쁘지만은 않다 뭐!!!(어쩜 과한 자기방어일지도 모르지만…--;;)

암튼, 흔치 않은 나의 기억력 덕분에 집에 사들여 놓고 일 년에 한 번은 꼭꼭 읽어 주는 만화책이 있는데 우라사와 나오키라는 작가의 《몬스터》다. 이 책은 정말 베스트로 꼽고 싶은 만화책인데, 요한과 닥터 덴마의 숨막히는 추격 내용을 읽다 보면 몰입하며 땀난 손을 꽉 쥐게 된다. 정말 수없이 반복해서 읽고 또 읽어도 우라사와 나오키의 만화는 감동할 수밖에 없다!

이 책에서 내가 읽을 때마다 고개를 끄덕이는 부분이 있는데, 이런 대사다.

> "왜 그렇게 의사를 싫어하세요?"
> "왜냐고… 왜냐면 흥! 남의 몸을 함부로 여기저기 살피고,
> 만지고 마치 자신이 하느님이라도 된 것처럼 으스대고…"
> "하느님이라… 하느님이면 좋겠구나 하고 생각할 때도 있어요.
> 하느님처럼 사람을 완벽하게 고칠 수 있다면 하고 생각도
> 하지만… 우리도 최선을 다하지만, 그래도 실수는 하게
> 되고… 저는 아직도 환자를 볼 땐 마음속으로 떨고 있어요."[8]

의사인 덴마가 하는 이 대사… 내가 의사도 아니지만 매우 공감이 된다.

발달장애 아이들의 부모님들이 초기 상담하면 거의 대부분

물어보시는 게 "치료하면 낫나요?"이다.

"좋아지나요?"도 아닌 "낫나요?" 쿠궁!!! 발달장애가 감기처럼 앓고 나서 싹 나아지는 거라면 얼마나 좋을까?

그런 질문을 받을 때마다 영화 〈브루스 올마이티〉에서와 같은 상상을 하곤 한다.

나에게 그런 힘이 생겨서, 우리 애들 어떻게 좀 드라마틱하게 변화시켜 주고 싶은 맘이 굴뚝같다. 조금씩 조금씩 나아지고 좋아지고 발전해 가는 아이들을 보며 감사히 가르치면서도… 신이 아니라 사람인지라 욕심을 부리게 되고, 그리고 가끔은, 아니 가끔이 아니라 자주, 엉뚱하지만 절박한 상상에 빠지곤 한다! 아… 진짜로… 내가 하나님이라면 좋겠다!!

엄마들이 물어보는 "치료하면 낫나요?" 하는 질문에 "그럼요, 당근이죠!" 하고 시원하게 대답하고 싶은 마음. 아이들을 가르치면서 이런 방법도 시도해 보고, 저런 책략도 쓰면서 뭔가 하나만 탁 하고 건드리면 아무 일 없다는 듯이 문제 행동이 싹 사라질 것만 같은데도 큰 변화가 없을 때면 능력이 부족한 나의 탓인 것만 같아 답답할 때가 많다.

어린 시절 나는 유난히 마법이 나오는 만화들을 좋아했다. 요술공주 밍키, 바람돌이, 이상한 나라의 폴, 뭔가 주문을 외워서 마법이 생기는 일들이 허무맹랑하단 건 알지만 우연히 나에게 기회가 올지도 모른다는 상상에 만화에 나오는 주문들도 열심히 외워 뒀었다. "카피카피룸룸 카피카피룸룸 이돌람바"(바람돌이), "살라카둘라 칼치카물라 비비디바비디 부~"(신데렐라), "돈데기리기리 돈데기리기리… 돈데크만"(시간탐험대), "수리마 수리마 마루피피 마루피피"(요술공주 밍키) 내가 기억하는 주문만 해도 여러 가지다. 살면서 써볼 날이 있겠냐마는 그래도 혹시, 호옥~시 기회가 오게 된다면 망설이지 않고 내질러 볼 심산으로 기억력 나쁜 내가 까먹지 않고 외우는 주문들이다. 어느날 갑자기 생뚱맞은 곳에서 하나님이나 천사를 맞닥뜨리게 되고, 내 소원이 이뤄질지도 모른다는 그런 상상… 상상은 뭐, 자유라고 하니까….

하루 종일 아이들을 바라보고 있는 엄마들은 나보다 얼마나 더 자주 이런 상상들을 하실까. 하나님도 의지하고 점이나 미신도 의지해 보고, 하다하다 치료사들에게 '치료하면 낫냐고' 물어보고 의지할 수밖에 없는 절박한 엄마들을 보고 있자니 답답한 맘에 이성 나부랭이 개나 줘버리고 별의별 상상 다 해보는 중이다.

하나님이 될 수 있다면! 그게 과한 욕심이라면… 요술봉이라도 하나 던져 주시면 아주 효율적으로 알차게 휘두르며 다니겠구먼…. 참 갖고 싶다. 요술봉!!!

Dennishan

II.
졸지 마!

어제는 연필을 잡자마자 졸기 시작하는 아이를 혼내 가며 억지로 수업을 진행했다. 사실 난 보통 조는 아이들은 내보내서 재우고 다음 타임에 하거나, 너무 졸면 10분 정도 재웠다가 다시 깨워서 진행하고 아이 엄마께 "오늘은 10분 잤으니 다음 수업에 보충할게요"라고 양해를 구하는 편이다.

내가 잠이 많아서인지 졸릴 때의 고통을 이해하기 때문이다. 그리고 졸면서 한 공부는 별로 남지 않는 것도 알고 있다. 그런데 어제는 엄청 혼내 가면서 끝까지 수업을 진행했다. 이제 일곱 살인 아이라 내년에 학교 보내려니 안 그래도 요즘 걱정 한가득인데, 와서 졸고 있는 모습이 혼자 태평한 것 같아 얄미워 보여서였다. 가끔 치료사이기 이전에 결국은 너무나 사소한 것에 흥분하는, 그냥 쫌스런 인간인 나를 발견할 때가 있는데, 어제가 그랬다.

그 엄마랑 상담하면서도 "조는 게 잘못은 아닌데, 저랑 어머니만 종종거리는 게 답답해서 많이 혼냈어요" 하고 솔직히 말씀드렸다.

집에 와서 생각하니 그래 봐야 일곱 살인데, 게다가 치료실에 오는 아이다 보니 발달이 느려서 오는 건데, 자신이 학교 들어가야 해서 한글도 배워야 하고 선긋기도 해야 하고 똑바로 듣고 스티커도 제자리에 붙여야 한단 사실을 알 리 없는데 내가 왜 그리 흥분했나 싶어서 좀 미안해지기도 했다.

어찌 보면 나를 합리화하기 위해 위로받고 싶은 맘에 《인간과 동물》이라는 최재천 교수님이 쓰신 책에서 교육에 대한 글을 찾아 읽었다.

교육은 가르치는 쪽이 주도권을 쥐어야만 교육이 됩니다.
이 세상에 나와서 우리가 행동할 수 있게끔 만들어 가는
것이 교육이기에 대부분 일방적일 수밖에 없습니다.
…어미 새가 새끼 새가 싫어한다고 나는 법을 가르치는 걸
포기하나요? 절대 포기하지 않습니다. 그놈이 몇 번씩 땅에
떨어질 때까지 악착같이 가르칩니다. 왜냐하면 새끼 새가
지금은 왜 날아야 하는지를 이해하지 못하지만, 언젠가
날아야만 살 수 있다는 걸 어미 새는 알기 때문이지요.[9]

아이가 싫어한다고, 힘들어한다고 가르치기를 포기할 수는 없다. 나도 모르게 악착같아지고, 모질어지지만 계속 다그칠 수밖에 없다. 그렇지만 사실 어제의 행동에 나의 감정이 들어가 있었던 건 인정해야 할 것 같다.

'알면 사랑한다'라는 신조를 가지고 계신 교수님의 글들은 그 신조만큼이나 생명을 바라보는 시선에 사랑이 묻어난다. 아무래도 진화론을 가르치는 생물학자이다 보니, 가치관과 관점이 나와 다름을 느낄 때도 많지만, 그래도 새로운 모든 것에 대해 사랑스러운 시선으로 알아 가기 위한 노력들이, 특히 생명에 대한 사랑이 전해져서 내가 참 좋아하고 찾아 읽게 되는 저자다. 내가 뭔가 잘못 가고 있는 건 아닐까 움찔할 때 찾아서 읽고 위안 삼게 된다.

일방적인 교육에 대해서는 조금 생각이 다르지만 가르치는 쪽이 좀더 현명해야 하는 건 맞는 것 같다. 새끼 새에게 필요한 것도, 새끼 새가 좀더 즐겁게 받아들일 방법도 어미 새가 잘 생각해야 한다. 아이들을 만나다 보니 가장 많이 생각하게 되는 게 '재미'다. 특히 나와 만나는 아이들은 독특한 자신들의 세계가 있는 경우가 대부분이라 보편적인 방법으로 가르치면 관심을 잘 주지 않는다. 듣긴 듣고 억지로 따라오긴 하는데 다음 시간에 보면 허탕인 경우가 대부분이다. 그래서 각자의 아이들이 좋아하는 것들을 활용해서 기억하게 하려고 노력하는 편이다. 자폐 성향이 있는 아이들의 경우 집착하는 것들을 제거하는 것이 좋다는 의견들도 많은 데, 나의 경우 좋아하거나 집착하는 물건을 이용해서 수업에 활용하는 편이다. 그만큼 아이가 좋아하는 것들이 결국 상호작용을 유도할 수도 있고, 기억에 많이 남고 아이의 것이 된다는 의견이기 때문이다. 결과적으로 어느 것이 정답인지는 잘 모르겠지만, 일방적이든 상호적이든 어쨌거나 가르치는 쪽에서 더 많이 준비해야 하는, 교육하는 자의 몫이 더 많다는 것은 맞는 것 같다.

어제 수업에서는 즐겁게 가르쳐야 한다는 나의 소신과는 달리 욱하는 마음에 괜스레 오기 부리며 아이와 기싸움을 하고 말았지만, 방법적인 즐거움을 좀더 제공해야겠다는 다짐을 하며 반성의 시간을 가졌다.

애들아, 졸지 마! 더 노력해서, 더 재미있게 가르쳐 줄게….

12.
문자 중독

중독addiction이란 어떤 것에 심리적인 의존이 있어서 계속 그것을 찾는 행동을 하고, 신체적 의존이 있어서 복용을 중단하지 못하는 상태를 말하는데, 중독이 되면 그것을 찾아 헤매고, 의존하게 되면 편안히 복용하거나 사용하는 환경을 만드는 데 시간과 에너지를 쏟아붓게 된다.

민수는 A4 용지를 주면 무조건 가로로 긴 면이 오게 돌리고 오른쪽 위에 SBS, MBC, KBS 등의 방송사 이름을 적어 두고 그림을 그리거나 글씨를 쓰는 아이였다. 미디어 의존인 건지, 방송사 표시를 못하게 하면 그림을 전혀 그리려고 하지 않았다. 또한 경험한 일을 그림으로 그리라 하면 소풍이나 수영장 상황을 그리게 해도 TV나 만화에서 본 장면을 그리고 있어서 매번 혼내야 했다. 아이의 주된 문제는 미디어 의존증이라기보다 자폐 성향이 있다는 것이지만, 네모난 종이만 주면 방송사 이름부터 적는 민수의 그 의존적인 마음도 왠지 짠하고, 그림을 제대로 그리지 못하는 아이의 습관이 내 눈에 너무 보기 싫어서 그 습관을 고치기 위해 미술치료사도 아니면서 수업 시간마다 10분씩 그림 그리는 활동을 꼭꼭 했다. 정말 고통스러워했지만 주제를 정해서 손가락만 한 작은 종이에 사과 하나 그리는 것부터 시작해서 명함을 만들게 하거나, 사진 위에다 그리게 하거나, 책을 만들게 하는 등 방송사 표시가 아닌 날짜나 이름, 출판사 등의 다양한 마크로 범위를 넓히며 그림에서 마크를 지우는 활동을 했다. 작은 종이부터 시작해서 나중에는 A4 종이나 스케치북에도 그림을 그릴 수 있었다. 민수의 의존증을 고치기 위해 오랜 시간 가르치며, 무언가에 꽂혀서 중독되는 것은 한순간이지만 끊고 치료하는 것에는 참 많은 시간이 필요하다는 것을 실감할 수 있었다.

난 좋은 건지 나쁜 건지 어떤 일이든 잘 중독되지 않는다. 그냥 천성적으로 싫증을 잘 내서 꾸준히 잘하는 것이 없는 편인 덕분인지도 모르겠다. 남들은 스마트폰이 손에서 떨어지면 힘들다고 하는데 난 가끔 깜빡하고 집에 두고 다녀도 남들이 불편해할 뿐 나는 크게 불편함을 느끼거나 힘들어하지 않는 편이고, 스마트폰 게임을 열심히 할 때도 있지만 시간 없으면 한 달쯤 안 해도 크게 상관없다. 딱히 뭔가에 중독된 경험이 없다.

그런데 최인호 작가의 《하늘에서 내려온 빵》이라는 책을 읽다가 무릎을 쳤다.

> 문자는 우리에게 중독 현상을 일으킨다. 무의식적으로
> 우리는 책과 신문 같은 활자매체에 의해서
> 정보라는 이름의 쓸모없는 지식을 쌓아서 곧 문자의 노예가
> 된다. 그러므로 우리들은 결국 자신의 의견이 아닌 남의
> 의견을 흉내 내는 앵무새가 되는 것이다.
> 참다운 지혜는 우리가 아는 그 모든 쓰레기 지식들을 버릴
> 때 시작되는 것이다.[10]

이 부분을 읽으며 '아! 나도 문자 중독이구나' 했다.

독서가 중요하던 중고등학생 시절에는 오히려 만화 외엔 절대 책을 펴지도 않았고, 언어 영역 성적을 위해 《교과서에 나오는 소설, 단편》, 이런 식으로 편집한 책을 겨우겨우 읽었다.(그래서 언어 영역 점수는 엉망이었다.) 대학생 때 경기도에서 서울에 있는 학교까지 오가며 지하철에서의 긴 시간을 견디느라 책을 읽기 시작했고, 대학원을 다니면서는 비싼 등록금 내고 학교 다니는데, 도서 대여비라도 남기자는 심산으로 정말 도서관에 있는 신간 서적을 무작정 대출해서 왕창왕창 읽었다. 신간이 나오

면 무직징 칫 개시를 하는 신간 집착증이었나.ㅋㅋ

졸업을 하고 직장을 다니면서는 버스를 타고 다녀서 집에서만 책을 읽게 되어 집착이 좀 줄어드나 싶었는데…, 빌릴 곳이 없어 책을 사다 보니, 뭔가 디드로 효과Diderot effect*처럼 책이 차곡차곡 모이고 책장까지 사는 재미가 쏠쏠해서 열심히 읽지 못하면서도 다달이 몇 권씩 책을 사서 모으고, 자기 전엔 책을 꼭 읽는 것이 습관처럼 되어 버렸다.

열심히 읽으면서 나름 똑똑해지는 기분에 우쭐하기도 했었는데, 최인호 작가님의 말처럼 슬슬 내 의견인지 작가의 의견인지 모호해지는 시간들이 오더니, 정말 이젠 나도 헷갈릴 만큼 내 생각이 많이 줄어든 것 같다. 지혜로운 사람이 되기 위해 무던히도 열심히 지식을 쌓아 보려고 용쓰고 애쓰는 그 시간이 쌓이고 쌓여 어느덧 문자 중독이 되어 버렸고, 그 꾀에 스스로 빠지고 있는 것도 같다.

상담을 많이 하는 내 직업 덕분에 엄마들과 상담하다 보면 '나도 들은 거였나? 어디서 읽었던 건가? 내가 경험한 건가?' 생각하는 동시에 입에서는 말이 나가곤 한다. 위의 글처럼 앵

* 프랑스의 사상가 드니 디드로가 친구로부터 선물 받은 멋진 가운으로 인해 결국 서재 전체를 바꾸게 되었다는 일화에서 유래한 것으로, 하나의 물건을 갖게 되면 그것에 어울리는 다른 물건을 계속해서 사게 되는 현상을 말한다.

무새가 되어 버린 건지도 모르겠다. 그렇지만 내가 믿는 구석은, 나란 사람은 문자에 중독이 되어 있더라도 그냥 문자를 문자로 볼 뿐 내용은 금세 까먹을 거라는 거다. 아무리 지혜를 담고 담아도 다시 무식해지고 어리석어지는 무식의 화수분! 예전 문익환 목사님 책에서 읽었듯이 이렇게 헷갈리고, 모호해도 꿋꿋이 지내다 보면 비록 다른 사람들의 생각들이었더라도 두엄처럼 스며서 내 삶에 적용되는 시간들이 올 거라 믿는다. 그렇게 지식과 지혜를 담아 보려 노력하며 살다 보면 중독이 아닌 참된 지혜를 얻게 되는 날이 오리라 진심으로 믿는다. 아잣!!

그래서 난 쓰레기 지식이라도 꾸역꾸역 담아 보려 더 열심히 읽는다. '문자 중독', 무조건 반대할 수만은 없는 사랑스런 중독이라고 나 혼자 밀고 나가기로 했다.^^

13.
사랑

　스캇 펙이라는 유명한 정신의학자가 쓴 《아직도 가야 할 길》이라는 심리학의 고전으로 회자되는 유명한 책이 있다. 이 책을 읽을 즈음, 임상을 시작했다. 뭐 내가 정신과 의사도 아니고 심리치료사도 아니라서 심도 깊은 심리 이해나 상담이 필요한건 아니지만, 난 상담하는 게 제일 힘들었다. 엄마들의 고통을 듣고 상담하기엔 말하는 기술과 용어가 딸리는 것 같고 전문적인 지식에도 목이 말라 심리학책들을 마구마구 읽어 댔던 것같다. 그래서 당시 꽤 두꺼운 이 책도 용감하게 집어 들었었다.

　이 책은 자신의 심리를 들여다보고 삶의 조언을 묻기에 너무 좋은 책이다. 그런데 너무 두껍기도 하고 전문적인 내용들이 많아 초보인 나에게 버겁게 느껴졌다. 그러다가 거의 책을 덮어갈 무렵, 다음 내용을 읽었다.

…우리는 이제 정신치료를 효과적이고 성공적으로 만드는 그 본질적인 요소를 알 수 있게 되었다.

그것은 '무조건 적극적인 말을 해주는 것'도 아니고, 신기한 마술적인 말도 아니고, 기술도 자세도 아닌 것이다. 그것은 인간적인 참여요, 투쟁이다. 그것은 치료자가 기꺼이 자신의 몸을 던져 환자의 성장을 도와주기 위해 감정적인 관계에 뛰어들어, 환자와 자기 자신과 투쟁해 나가고자 하는 의욕이다. 간단히 말하자면 성공적이고 의미 있는 정신치료의 근본적인 요소는 사랑인 것이다.[1]

버겁고 답답하던 이 두꺼운 책을 이 구절을 만나려고 읽은 것 같은, 보상받는 기분이 들었고, 나에겐 이 부분의 명쾌함 덕분에 정말 갈증이 풀리던 책이었다.

"정신치료의 근본 요소는 사랑인 것이다."

그렇다. 말하는 기술, 학문적인 조언, 그 모든 것으로도 채워지지 않는 것은… 바로 사랑. 사랑이었다. 아이들도 엄마들도, 사랑하는 맘으로 들어 줘야 한다!

두꺼운 책이라 나도 잘 손대게 되지 않고, 남들에게도 잘 추천하지 않는 편이지만 그래도 나와 비슷한 일을 하거나, 일을 하며 뭔가 놓치고 있는 것처럼 보이는 후배들이 있으면 조심스레 권해 주는 책이다.

치료실에 있다 보면, 30개월 정도부터 고등학생까지 다양한 연령의 아이들을 만나게 된다. 모든 아이들을 사랑하려고 맘을 먹긴 하지만, 나도 사람인지라 모두를 공평하게 사랑하기는 쉽지 않다. 내가 만나는 아이들은 세 부류다. '사랑스러운, 사랑하는, 사랑해야 하는' 아이!

치료실에 입실하는 첫 만남부터 풍겨오는 분위기가 남다른 사랑스러움이 묻어나는 아이들이 있다. 그건 말을 잘하고 못하고, 기능이 좋고 나쁘고의 차이가 아니고, 그렇다고 딱히 외모도 아닌데 그냥 여리고 순하고 웃음도 많아서 보자마자 딱 너무 애정 돋는 아이들이 있다. 내가 출근하고 싶게 만드는 나의 기쁨조인 아이들, 뭐라고 딱 꼬집어 장점을 설명하라면 딱히 설명할 수 없지만, 문제 행동이 나타나면 화가 나거나 혼내게 되지 않고 애처로운 마음이 드는 아이들이 있다. 사랑받고 자란 티가 폴폴 나는, 사랑할 수밖에 없는 아이들. 그처럼 저절로 '사랑스러운' 아이들을 만나는 건 나에게도 행운이고 기쁨이다.

두 번째 부류인 '사랑하는' 아이들은 제일 많은데, 만나자마자 문제 행동도 많고 걱정을 끼치지만 시간이 지날수록 기특하고 예뻐서 사랑하게 되는 아이들이다. 눈 맞춤도 잘 안 되고 딴짓만 하던 아이가 눈 맞추며 생긋 웃거나, 배운 걸 스스로 기억해서 내뱉을 땐 그동안의 걱정이 눈 녹듯 사라지며 "사랑한다!"라고 고백(?)하게 된다.

그리고 흔치 않지만, 끝까지 사랑하기 힘들어서 '사랑해야만 하는' 아이들도 있긴 하다. 그래서 '사랑하자! 사랑하자!' 하며 스스로 주문을 외우고, 참을 인忍자를 새기고 싶게 만드는 아이들이 있다. 몇 년 전 자폐가 심한 아이가 있었는데, 책상 위를 올라 다니거나 책장의 책을 다 빼서 던지는 등의 행동은 일도 아니게 자주 벌이고, 힘겨루기를 할 때 아이의 팔을 잡으면 머리로 내 몸통을 들이받았다. 너무 세게 들이받아서 집에 가서 씻으려고 보면 허벅지와 몸에 퍼렇게 멍이 들어 씻다 말고 서러워서 눈물이 나기도 했다. 더 나아가 나와 기싸움을 할 때면, 자기 몸을 물거나 상처가 난 곳을 스스로 뜯어내기도 한다. 감각이 무뎌서 아픔을 못 느끼는 건지, 참으며 나와 기싸움을 하는 건지. 놀라거나 소리 지르면 더 자극하게 되어 태연한 척을 하긴 했지만 등에 땀이 날 정도로 내가 싫어하는 행동이었다. 난 탄산음료를 잘 먹지 못하는데 그 아이 수업을 하고 나면 온몸에서 기운이 다 빠져서 정신을 차리려고 편의점으로 뛰어가 탄산음료를 사서 벌컥벌컥 마시기도 했다. 그 정도로 내 마음과 몸을 지치게 만드는 아이였지만, 매일매일 사랑하자고 주문을 외우고, 아이 만나서도 "선생님이 사랑해 줄게" 하고 든든

말든 의무감처럼 얘기하다 보니 시간이 지나자 정말 사랑할 수 있었다. 그렇지만 미안하게도 우러나온다기보다는 노력의 결과였던 것 같다.

10년이 넘게 이 일을 하지만, 아이들을 사랑하는 것에 대해서는 자신할 수 없다. 어떻게 하는 것이 사랑인지 잘 모르겠다. 초보 때의 설렘과 떨림과는 달리 이젠 능구렁이가 되어 가고 머리로는 사랑해야 한다는 것을 잘 알지만 지금은 하나라도 알게 하려는 가르침에 더 집중하게 되기도 한다. 아직도 내가 진짜 사랑하고 있는지, 나의 애정 표현 방법이 맞는 건지 매번 궁금하고 알고 싶다.

가끔은 사랑의 본체이신 하나님께 좀 여쭈어보고 싶다. 하나님도 솔직히 우리 인간들이 사랑스러워서 사랑하시는 건 아니지 않을까? 어떻게 참고 사랑하시는 건지, '사랑스러운, 사랑하는, 사랑해야 하는' 이 마음으로 차별하며 사랑해도 되는 것인지. 다 적어 놨다가 천국 가면 하나님께 꼭 여쭙고 싶은 질문이다. 지금은 정답을 들려주지 않으시니 우선은 내 방법으로 사랑하며 치료하련다.

정신치료, 특수교육, 언어치료, 모든 근본 요소는 사랑!

14.
삶으로

내가 만나는 아이들은 참 특이하다. 분명 말이 느려서 오는 거고, 다른 사람의 말이나 의사소통에 관심 없는 것도 분명한데, 나의 이상한 말투나 나도 모르던 습관들은 엄청 빨리 배운다.

"엄마", "주세요", "안 돼" 등의 기본 소통을 배운 아이들에게 이제 단어나 표현에 대해 가르치려 하면, 어처구니없게 나의 어투나 말 습관을 먼저 배운다.

가령 내가 혼낼 때 "습~" 하고 숨을 들이마시는 거나, "어머!" 하고 낮은 목소리 내는 거나, "삐~" 하고 틀렸을 때 내는 소리 들을 먼저 배워서 나를 당황하게 한다.

이런 일도 있다. 내 방 서랍엔 아이들 주는 비타민과, 내 홍삼즙이 함께 들어 있는데, 뭔지도 모르면서 홍삼즙에 손을 대기에 "홍삼은 정유진 선생님 꺼" 하고 몇 번 알려 줬더니, 어느 날 그 아이 엄마가 집에서 아이용 홍삼을 먹일 때마다 "정유진 선생님 꺼" 하고 거부하며 소리친다고 이유를 물어 오셨다. 그래서 설명해 드리고 아이에게도 선생님 홍삼과 집의 홍삼 차이를 알려 줘야 했다. 참 안 배워도 되는 창피한 선생님의 소유욕… 이런 건 빨리도 배운다. 아이들과의 생활을 통해 나의 언어 습관도 많이 알게 되고, 나의 과도한 소유욕도 반성하게 되고, 정말 아이들을 가르치며 내가 더 많이 배우는 게 사실이다. 어느 한쪽만 일방적으로 가르치는 것도, 어느 한쪽만 일방적으로 배우는 것도 아니라는 것을 나의 10년의 시간을 통해 참 많이 깨닫게 된다.

중앙기독초등학교를 만든 김요셉 목사님이 지은 《삶으로 가르치는 것만 남는다》라는 책에 이런 글이 있다.

> …하지만 아무리 가르침을 받았다고 해도 가르치는 일이란 쉽지 않다. …그래서 나는 두렵다. 왜냐하면 우리 모두는 다 본인이 의식하든 의식하지 못하든 나쁜 습관들을 가지고 있는 탓이다. 내가 누군가에게 가르칠 때, 그 누군가가 자신도 알지 못하는 사이에 감기에 걸리듯 내 나쁜 습관에 걸리면 어쩌나 하는 걱정 때문이다. 하지만 그러한 미숙함 때문에 가르침을 받고 가르침을 주는 과정이 언제나

흥미진진하고, 과정 자체가 바로 우리의 삶임을 인정할
수밖에 없다.[12]

정말 그렇다. 의식하지 못했던 나의 사소한 습관들을 아이들
의 행동을 통해 발견할 때마다, 감기가 옮듯 옮아간 내 모습을
아이들에게서 볼 때마다, 가르치는 일이 어렵게 느껴지고 두렵
기까지 한 것이 사실이다. 가르치는 어려움은 교육을 직업으로
하는 사람들의 경우에만 해당하는 것이 아니다. 매일 아이들을
만나는 엄마들일수록 더 가르침에 대한 부담을 가질 수밖에
없다.

내가 만나는 아이들은 대부분 문제 행동을 가지고 있다. 그
런 문제 행동을 수정하려고 엄마들과 상담할 때 내가 가장 중
요하게 강조하는 부분은 '일관성 있는 태도'다. 고치고자 하는
행동에 대해 훈육을 하거나 무시하거나 일관성 있게 대처해야
아이의 행동이 바뀐다. 쉬운 예로 스마트폰에 심한 중독을 보
이는 아이를 고치고자, 집에서는 단호하게 보여 주지 않다가 사
람이 많은 곳에서 떼쓰면 한 번씩 보여 주거나, 밥 먹을 때 조
용하게 하려고 허용하면 그건 완전 도루묵이다. 문제 행동을 보
일 때 고치고 싶다면 정말 일관성 있게 계속 단호하게 가르쳐
야 하고, 좋은 행동을 강화하려면 귀찮아도 매번 칭찬해 주어

야 한다. 그래야 아이는 그것을 습관으로 만들어 행동을 변화시킬 수 있다.

아직 내가 신앙 교육을 말할 수준은 아니지만 내 생각에 신앙 교육에서도 일관성이 무척 중요하다고 생각한다. 다른 건 모르겠지만 우리 부모님의 신앙 교육은 신앙을 습관처럼 젖어들게 하기 위한 노력이었다고 해도 과언이 아니다. 두 분 모두 신앙 있는 가정에서 자란 분이 아닌데 결혼하신 후 그냥 밑도 끝도 없이 아이들이 좀 크면 교회를 다니자고 약속하셨다고 한다. 두 분이 어린 우리를 데리고 주일마다 나들이와 쇼핑 다니기 좋아하시는 바람에 집에서도 한참 먼 명동 가까이에 있는 교회에서 신앙생활을 시작하셨다. 신앙생활의 처음은 어땠는지 모르겠으나 두 분은 신앙을 가지면서는 시작부터 충직하고 성실하게 신앙생활을 해오신 것 같다. 자녀들이 보기에도 참 한결같은 신앙이시다.

내가 유치부 즈음부터 교회를 다녔는데, 교회를 다닌 후부터는 주일에 교회를 빠지는 것은 용서되지 않았다. 지금 생각하면 부모님도 초신자일 시기였는데 그때부터도 주일은 꼭 지켜야 했고, 초등학교 고학년 때 걸스카우트에서 뒷뜰 야영을 해도 아침을 먹은 후 먼저 나와서 교회 예배를 참석하게 하셨다. 좀 과하다 싶게 신앙 교육을 시키셨고, 예배의 중요성도 항상 강조하셨다. 내가 중고등부 학생이던 시절 교회에서 주일학교 교사를 하셨던 엄마는 교회에서와 집에서 모두 신앙이 제일 먼저라는 것을 강조하셨는데, 특히 교회 활동을 가장 중요하게 여기셨다. 나는 엄마한테 좋은 신앙 교육자의 모습을 참 많이 발견한다.

당시 교회 다니는 친구들과 이야기를 하다 보면, 공부도 잘하고 교회에서도 잘하기를 바라는 부모님들과의 갈등이 많았다. 문학의 밤이나 수련회를 다 참석하고 성적도 상위권이기가 쉽지 않은데 둘 중 하나를 선택해야 하는 기로에 놓이면 교회 다니는 부모님들도 성적을 선택하라고 스트레스를 주신다는 게 친구들의 고민이었다.

그런데 우리 엄마는 달랐다. 항상 한결같이 1번이 신앙이고 2번이 공부였다. 둘 중 하나를 선택해야 하면 교회 일을 하라고 하셨다. 심지어 고3 때도 교회 봉사를 하라 하셨고, 보충수업을 빼고 수련회를 가라고 떠미셨다. 물론 신앙 다음은 공부인지라 공부도 중요하다고 한 번씩은 잔소리를 하셨지만 솔직히 난 공부 때문에 스트레스를 크게 받아 본 경험이 없다. 그래서 가끔 엄마에게 말한다. "엄만 왜 그렇게 나한테 공부하란 말을 안했어? 엄마가 유난 떨었음 더 좋은 학교 갈 수 있었을 텐데." 그러면 엄마는 "난 니가 신앙 좋은 게 더 좋아. 그리고 넌 어차

피 서울대 갔 실력은 아니었어" 하는 쿨한 대답으로 넘기신다. 사실이긴 한데 묘하게 빈정상한다.ㅋ

　엄마는 항상 기도하면 하나님이 이끌어 주신다는 대책 없는 믿음으로 다른 엄마들과 달라서 오히려 날 더 불안하게 만들기도 하셨다. 어떤 상황에서도 신앙이 먼저라는 엄마의 교육철학은 배우자를 찾을 때도 변함이 없어서, 내가 소개팅이나 선을 보려 하면 항상 꼭 두 가지는 물으셨다. "교회 다녀? 십일조는?" 정말 엄마는 두 가지밖에 안 본다면서 딴 엄마들에 비해 바라는 게 없다며 큰소리치셨지만, 오히려 돈 많고 직업 좋은 남자를 구해 오라는 게 쉽지 대한민국에서 교회 다니고 십일조 내는 삼십대 남자를 찾는다는 게 얼마나 극한불가능에 도전하는 일인지, 그런 사람이 얼마나 희귀한 레어템rare item인지 엄마는 절대 모르셨던 거다.

　뭐 옆으로 새긴 했지만, 나는 엄마의 일관성 있는 신앙교육 덕분에 신앙의 중요성에 대해 잊지 않았고, 신앙생활이 습관처럼 내 삶 속에 젖어들었다. 엄마가 학창시절, 고3 일 년은 신앙을 미루고 학업에 집중하라 했거나, 취업을 앞두고는 교회 봉사를 쉬어도 된다고 하셨거나, 배우자를 고를 때는 신앙도 좋지만 돈이나 능력이 우선이라며 그때그때 세상의 기준에도 관심을 보이셨다면 내가 어떻게 살았을지 나도 잘 모르겠다.(어쩌면 세상의 기준으로는 더 성공했을지도 모르겠지만⋯) 그렇지만 일관성 있는 엄마의 신앙 교육을 받고 엄마가 그렇게 신앙을 1순위로 하며 사는 모습을 옆에서 보며 자라서 아직도 무슨 일을 결정할 때 엄마에게 배운 대로 '이 일이 하나님 보시기에 기쁜 일인가?' 하고 스스로에게 질문하고 결정할 수 있게 된 것 같다. 엄마의 모습을 통해 삶으로 가르쳐 주는 것이 자녀들에게 얼마나 큰 영향을 미치는지 배운다.

이 책을 읽으며 "삶으로⋯"라는 표현에 맘이 짠하고 아픈 걸 보면, 아직은 아이들을 만나는 치료사로서 나의 삶은 참 창피하고 참 멀었나 보다. 이 책을 읽고 한동안은 이 초등학교에 애들 좀 넣어 보려 엄마들을 떠밀고 추천서도 열심히 쓰며 노력을 했었으나, 유명한 사립초등학교이고 특히 장애아동 입학 경쟁이 보통이 아니라 내가 가르치던 아이들은 한 명도 붙은 적이 없다! 그래서 책을 읽으며 호감이었던 이미지가 빈정상해서 지금은 많이 깎인 게 사실이다. 물론 그 학교는 나의 호감 따윈 신경 쓰진 않겠지만.ㅋㅋ

중앙기독초등학교를 만들기까지, 그리고 그 학교에서 아이들을 가르치며 쓰신 책인데, 누군가를 가르치는 일을 하는 교육하는 사람으로서 배울 점이 많은 책이었다. 나도 아이들의 습관에 좋은 영향력을 미칠 수 있도록 삶으로 가르쳐야지. '삶

으로'라는 말이 부끄럽게 들리지 않노록! 정말 그렇게 삶으로
가르치며 살아 보리라 굳게 다짐해 본다.

15.
엄마

내가 지금까지 제일 많이 사들인 책이 있다면, 지금은 국회의원이지만 소아정신과 교수로 유명하던 신의진 교수님의 《현명한 부모는 자신의 행복을 먼저 선택한다》라는 책이다. 내가 치료실의 엄마들이나 아이 낳은 언니나 친구들에게 가장 많이 선물한 책이다. 나에게 있어선 바이블 같은 책. 임상 시작한 지 3~4년 만에 이론과 실제의 간극에서 많이 헷갈리고, 케이스 바이 케이스라고 현장에서 정말 그때그때 경우마다 다른 아이들과 엄마들, 그 사이에서 씨름하며 머리 아플 때 이론서만으로는 채워지지 않는 나의 상황에서 이 책을 읽고 유레카를 외쳤다! 너무 반가운, 명쾌한 책이었고 그건 지금도 그렇다. 지금은 《나는 아이보다 나를 더 사랑한다》라는 제목으로 개정판이 나왔다.

이 책에 보면 이런 구절이 있다.

이런 엄마들을 보면 깊은 존경심을 느낀다. 심한 자폐증을 앓는 아이를 끝까지 웃으면서 재활시키는 엄마들도 마찬가지다. 그들은 아이가 부모의 긍정적인 기대를 먹고 자란다는 것을 안다. 그래서 어떤 나쁜 환경에서도 아이가 분명 앞으로 지금보다 나아질 것이라는 믿음을 놓지 않는다. 부모의 이 같은 기대는 아무리 어려운 병을 앓는 아이도 결국 훨씬 나아진 모습을 보이게 만든다. 부모의 긍정적 기대를 먹고 쑥쑥 자라 자신의 진면목을 활짝 내보이는 아이의 모습은 그 어떤 꽃보다도 찬란하게 빛난다.[13]

이 일을 시작하고 엄마의 존재에 대해서 정말 많은 생각을 한다. 내가 아이들 낳고 진짜 엄마가 되면 또 다른 생각을 하게 될지 모르지만, 엄마들은 정말 위대하다. 어느 하나 현명하지 않은 사람이 없고, 아이에 대해 그렇게 많은 생각을 하는 존재는 세상에 없다. 엄마들은 아이들과 한 몸인 듯 서로 교감을 주고받으며 영향을 미친다. 그래서 엄마들이 변하면 아이들도 변하고, 엄마들이 행복하면 아이들도 더 빨리 나아진다. 그래서 "현명한 부모는 자신의 행복을 먼저 선택한다"라는 말이 사실 믿어지지는 않지만, 찬성은 한다. 그렇지만 아직까지 엄마들이 자신의 행복을 먼저 선택하는 경우는 한 번도 못 봤다.

몇 년 전, 수업받으러 오는 한 여자아이의 엄마와 호르몬 치료에 대해 의견이 달라 조금 불편했던 적이 있다. 나는 특수교육을 전공해서인지 약물요법에 대해 조금은 부정적인 편인데, 그 엄마는 딸이 성 조숙증이 의심되어 초경이 이르게 올 것 같다는 의사 선생님의 권유로 호르몬을 맞고 초경을 늦추고 싶다는 거였다. 당시는 지금처럼 호르몬 요법을 보편적으로 쓰지 않을 때여서 나는 좀 거부감이 있기도 했던 터라, 좀 힘들긴 하겠지만, 아이가 월경을 시작하면 신변 처리에 대해 반복해서 가르치고 환경 속에서 조심시키는 교육을 하는 게 우리의 몫이라며 설득하기도 하고, 아이의 몸의 호르몬 변화까지 부모가 마음대로 결정한다는 게 나의 상식으로는 잘 용납되지 않아서 엄마에게 모진 말도 했었다.

그렇지만 한두 번 권유한 뒤엔 그 엄마의 결정을 따랐다. 왜냐하면 이 세상에서 그 아이에 대해 가장 많은 생각을 하고 고민을 하는 건 부모라는 사실을 의심하지 않기 때문이었다. 여자아이가 초경을 시작하면 그에 따르는 무수한 염려들을 감당할 준비가 아직 안 되셨기 때문이리라 생각하고 응원해 드렸다. 가장 많은 시간 고민하고 결정하셨다면 그 결정을 응원하는 게 나의 몫이라고 생각하기 때문이었다.

나는 치료실에서 아픈 아이들을 하루에 한 시간씩 일주일에 두 시간, 많이야 서너 시간 만나는데, 엄마들은 하루 종일이다. 그런데도 항상 힘차고 열정적인 엄마들을 보면 존경하지 않을 수 없다. 그리고 그런 엄마들의 에너지를 받은 아이들은 어김없이 조금씩 조금씩 변화를 보인다. 그래서 엄마들에게 에너지가 계속계속 넘치고 우울하지 않길 항상 기도한다. 엄마들은 행복해야 한다. 꼭….

난 엄마들의 사랑을 보면서, 아이들을 조금도 소홀히 대할 수 없다. 엄마들 비슷하게라도 아이들을 사랑해 보려고 노력하다 보니 정말 사랑하게 된다. 가끔 "일이 힘들지 않아?" 하는 질문을 받기도 한다. 사실 최근 들어 급격한 노화 현상의 진행으로 인해 체력이 달리는 것은 인정할 수밖에 없지만, 정말로 내가 하는 일이나 아이들은 별로 힘들지 않다. 침을 뱉고, 일부러 문제 행동을 보이고, 매일 울고, 때리고, 물어서 아플 때도 있고, 배변 훈련이 안 돼서 내가 대소변을 치워야 할 때도 있지만, 그래도 날이 갈수록 아이들은 더 예쁘고 사랑스럽다. 가식이 아니라 진짜 그렇다. 신기할 만큼….

사실 가끔 난 하나님 앞에서 내가 우리 아이들처럼 자폐가 아닐까 생각한다. 하나님과 눈 맞춤도 안 하고, 별것 아닌 세상 것에만 집착 부리고, 내 규칙에 어긋나면 발끈해 성질부리고, 문제 행동도 많고, 자신의 틀을 스스로 정해 놓고 하나님은 간섭하지 못하도록 혼자의 세계에 빠져 사는… 그래서 나를 보고 있으면 하나님이 답답하실 것 같다. 그래도 하나님은 날 사랑하실 거다. 그냥 그럴 거 같다. 희한하게 왠지 믿어진다.

특수교육 일을 하기 전에는 공의로운 하나님이 무섭기도 했었고, 내 죄에 대해 겁이 나서 하나님을 대하는 게 두렵기도 했었다. 하나님이 나를 떠나실까 봐 형식적으로 더 잘하는 모습으로 살아야 할 것 같은 강박적인 신앙인의 모습도 있었다. 그런데 이 일을 하고, 아이들을 만나면서 하나님의 사랑에 대해 의심하지 않게 되었다. 지극히 이기적인 인간인 나도 자폐 아이들이 이렇게 사랑스러운데 엄마 같은 하나님은 내가 자폐 같더라도 얼마나 사랑스럽고 존귀하게 여겨 주실까?

가끔 아이들과 기싸움을 하다 지칠 땐… 멍하니 창밖을 보며 혼잣말을 하기도 한다.

"하나님도 이렇게 힘드시나요? 죄송해요…"

그렇지만, 그럼에도, 하나님은 날 정말 사랑하실 수밖에 없다는 확신이 들면, 난 하나님 앞에서 또 건방져지곤 한다. 그래도 날 미워할 수 없는 하나님의 약점을 알고 있기 때문이다. 이 세상의 아이들이 엄마들의 속을 썩인다면… 그건 이 세상 아이들이 모두 다 부모님이 자신들을 사랑할 수밖에 없다는 사실을 본능적으로 알아 버렸기 때문이다. 그렇지만 어쩌랴… 미워할 수 없는 게 분명한데.

이 세상의 모든 엄마들도, 날 사랑하느라 수고하시는 하나님도 모두모두 힘내세요!!!

16.
이타심

최근에 우연히 인간의 이타심에 관한 실험을 하는 동영상을 보게 되었는데, 마이클 토마셀로 박사가 한 실험이었다. 토마셀로 박사는 미국에서 태어난 발달심리학자이자, 독일 막스플랑크 연구소 소장이며 인간과 유인원의 비교 실험을 통해 인간 고유의 인지적·문화적 과정을 밝히는 연구를 진행하고 있는 유명한 심리학자다. 교수님이 최근 실험한 이 이타심 실험에서 생후 18개월인 영아들은 낯선 사람들을 돕고 싶어 한다는 사실을 보여 준다. 내가 본 동영상에서는 실험실 구석에 있던 실험자가 손이 닿지 않는 곳에 볼펜을 떨어뜨리고 그것을 주우려는 시늉을 했다. 실험자가 볼펜을 집지 못해 힘들어하는 모습을 보던 아이 대다수가 즉각적으로 놀던 것을 멈추고 펜을 주워 주었다. 또한 짐을 들고 문이 달린 옷장을 열지 못해 그 앞에서 우물쭈물하는 듯한 모습을 보이자 18개월 미만의 걸음마

하는 아이들도 아장아장 걸어가 그 문을 열어 주었다. 이 어린 아이도 다른 사람이 도움이 필요할 때, 이를 알아채고 놀이를 멈추고 도와주는 선함을 가지고 있다는 사실을 증명하는 것이 이 실험의 목적이다. 토마셀로 박사는 인간이 태어날 때부터 이타심altruism을 갖고 있다는 가설을 전제로 지금은 12개월 미만 아이들을 대상으로 실험을 하고 있다고 알고 있다.

이 동영상을 보면서 나는 좀 충격적이었다. 아무것도 모를 것 같은 아이들도 남을 돕고 싶어 하는 본성이 있다니, 아이들의 선에 대한 새로운 생각을 하게 해준 동영상이었다.

성선설과 성악설에 대해 묻는다면 사실 나의 경우를 보건대 성악설이지 않을까 의심하곤 한다. 내가 만나는 아이들을 관찰해 보면 나쁜 것은 정말 금세 배운다. 원래부터 알고 있었던 것처럼 나쁜 행동들은 너무 쉽게 모방하고 코너에 몰려 한계에 다달았을 때엔 가끔 악마의 모습을 보여 주기도 하는 아이들을 보며, '착하고 선한 모습은 학습을 통해 가르쳐야 하는 것이구나' 하는 생각이 들 때가 있다. 아이들 경우까지 갈 것도 없이 나의 경우만 봐도 그렇다. 신앙생활도 하고, 좋은(?) 직업을 택해 착한 일 하면서 나의 성품을 열심히 단련하고 다듬고 착하게 살려고 땀나게 노력하는데도 가끔 남들 얘기에 욱하며 미운 사람에게 저주스런 생각을 할 때도 있고, 내 속을 들여다보면 너무 더럽고 악한 생각이 많아서 하나님께 기도하기조차 민망한 때도 있다. 그래서 난 내 본성이나 타고난 건 악한데 세상을 살면서 많이 다듬고 노력하고 배워서 선해져 가는 과정이라고 생각한다.

까를로 까렛도 수사가 쓴 《프란치스꼬, 저는》이라는 책은 프란치스꼬의 일인칭 시점으로 써서 정말 친근하게 프란치스꼬 성인의 생활을 읽고 있는 듯한 기분이 들게 하는데, 이 책에 보면 이런 구절이 있다.

> 때로는, 나는 무엇 하러 아직 여기 있나…
> 묻게 될 적도 있겠지요.
> 그런데 답은 늘 같아요.
> 그건 사랑하기를 배우기 위해서라고,
> 저쪽에는 사랑밖에는 아무것도 없으니까요…[14]

이 구절을 보면 나의 생각과 비슷한 면이 있다. 어쩌면 착하고 선한 마음은 배워야 할 성품이라는 거다. 사랑밖에 없는 저쪽, 천국에서 잘 적응하며 살려면 참고 노력하면서 배워야 한다는 것. 사랑을….

내가 이 세상에 온 목적은… 사랑을 배우기 위함!

그렇다면 더 열심히 배워야 하는데, 자꾸 미워하고 흠잡고⋯ 헐뜯고 아직은 무서운 것 모르고, 대책 없이 막살고 있는 듯하여 큰일이다.

뭐 성선설, 성악설, 이타심, 본성⋯. 복잡한 문제들은 어차피 아직 결론 나지 않은 부분이고 학자들이 연구해서 언젠가는 알려 줄 수 있을 테니 지금 복잡하게 떠들자는 건 아니다. 최근 동영상을 접하고 다시 바라보게 된 이타심, 또 책을 통해 보게 된 사랑 배우기⋯. 타고난 성품이든 배워야 할 성품이든 어떠하든 간에 우선 나에겐 좀 부족한 선한 마음에 대해 고민하며, 남을 생각하는 선한 마음이 아기들도 갖고 있는 기본적인 성품이라면 나한테 어느 순간 사라진 이타심을 좀 샅샅이 꼼꼼히 뒤져서 찾아봐야겠다고 생각했다. 남한테 배려심이라곤 조금도 없는데 잘 찾아보면 눈곱만큼은 나와 주지 않을까 기대하면서⋯.

그리고 더 많이 더 열심히 배워야 사랑밖에 없는 하늘나라에서 능숙하게 잘하며 살 테니, 정신 바짝 차리고 사랑을 배우기 위해 더 많이 노력하리라 다짐한다! 아잣!!!

내가 갱생한 조폭은 아니지만⋯ 오늘의 결론은 차!카!게!살!자!

17.
한계 인정하기

　장애아를 치료하는 치료사라는 이 일은 아이들과 직접적으로 딱 붙어 지내는 엄마들만큼은 아니더라도 아이들과 함께하고 가까이서 접할 기회가 꽤 많다. 그리고 아이들에게 발견한 특성들을 엄마들께 전문가의 시점으로 조언을 해드리다 보면, 어느덧 존경 어린 시선을 받고 우쭐하곤 한다. 그러나 이 또한 경우마다 다른지라, 모든 엄마들이 다 존경 어린 시선을 보내거나, 나의 조언을 모두 경청하는 것은 아니다.

　나도 세상을 살다 보니 '한귀든, 한귀흘' 기술이 무한히 발전하는 것을 발견하곤 하는데 이게 어디 나뿐이랴. 엄마들도 너무 많은 전문가들을 만나다 보면 전문가들의 조언에도 '한귀든, 한귀흘' 신공을 발휘하여, 나의 얘기도 한 귀로 듣고 한 귀로 흘리시는 분들이 무척이나 많다.

　요즘 한 엄마와 은근 신경전을 벌였다. 상담 중에 내가 엄마의 양육 태도를 지적히지, 그 엄마는 그 지적이 거슬리셨던 모양이다. 가끔이지만 감정적으로 매를 드는 그 엄마의 체벌에 대해 말씀드리자 "하루 종일 얘랑 있으려면…"을 변명으로 내놓으셨다. 나도 문제 행동 많은 그 아이와 하루 종일 있다 보면 장담할 수 없을 것 같다. 그건 사실이다. 나는 치료사일 뿐, 하루 종일 함께 있는 엄마가 아니다. 그건 나의 한계인 것을 인정하고 또 다른 대안적인 조언을 드리려고 노력해야 하는데, 나는 그 와중에 또 감정적으로, 나의 조언을 한 귀로 흘리는 듯 변명만 늘어놓으시는 그 엄마 앞에서 과격해졌었다.

이놈의 '욱' 병은… 도대체가 나조차 언제 튀어나올지를 모르겠으니….

우울한 마음에 이현주 목사님이 쓴 《그래서 행복한, 신의 작은 피리》라는 책의 구절을 찾아 읽었다.

> 사람은 사람의 한계를 지니게 마련이다. 그 한계 안에
> 안주安住하려는 태도는 물론 고약한 것이겠으나 그것을
> 무시하고, 마치 자기는 잘못하면 안 되는 존재인 양
> 생각한다면 그 또한 고약한 일이 아닐 수 없다. 아내 말대로
> 나의 지나친 자책自責 속에는 간교한 오만傲慢이 숨어 있었던
> 것이다.[15]

엄마들과 한 번씩 감정적인 대립을 하고, 치료사의 한계에 적나라하게 대면하고, 나 스스로 그때의 상황을 곱씹고 억울해하기도 하고 또 자책하기도 하고, 이런 나의 과한 감정적인 시간들 이면에는 모든 엄마들이 나의 조언은 모두 귀담아 들고 고개 끄덕여 주기를 바라고, 나의 조언은 다 들어맞아서 아이들에게 만병통치약처럼 딱딱 먹혀 주기를 바라고, 나한테 온 아이들과 엄마들은 무조건 확 좋아지기를 바라는, 이런 나의 오만이 숨어 있음을 오늘 이 책을 읽으면서 또 인정하고 반성한다.

난 기본적으로 엄마들의 편에 서려고 많이 노력하는 편이지만, 그래도 항상 이해되는 건 아닌지라 불편할 때도 많다. 그리고 아이들을 가르치는 게 습관이 되어서인지 자꾸 엄마들도 가르치려 들 때가 있어서 지나고 보면 죄송할 때가 한두 번이 아니다.

참… 경력이 많다고, 케이스를 많이 본다고 다 좋아지는 게 아니다.

자신의 한계를 쿨하게 인정하고 낮아질 수 있는 그런 경지는 대체 언제쯤이나 다다를 수 있단 말인가? 성숙하면서 겸손해지기! 이것 참 힘들다!ㅜㅜ

내가 좋아하는 스타일의 글쓰기가 있다. 어려운 말을 쉽게 풀어쓰는 글, 다정하게 글을 써서 글에서도 다정함이 느껴지는 그런 글이 좋다. 내가 좋아하는 스타일의 작가 중 한 분이 이현주 목사님이다. 목사님의 책은 의심 없이 사고 읽게 된다.

나의 신앙적인 갈등들을 조곤조곤 풀어 주셔서 뵌 적은 없지만 항상 감사하고 있다. 목사님의 책들은 나의 뒤통수를 탁탁 적절하게 때려 주어 내가 나름 '독서 묵상'이라 생각하며 자주 찾게 된다.

신의 작은 피리….

> 피리는 자신의 몸을 통하여 아름다운 음악이 연주되는 동안 참으로 아무일도 하지 않는다. 그냥 그렇게, 처음 만들어진 상태 그대로, 미동微動도 없이 그렇게 가만히 있을 따름이다.[16]

목사님이 피리에 대해 쓰신 그 표현처럼 나도 하나님 앞에서 미동도 없이 나를 통해 연주되는 음악을 드러내며 살아보고 싶은데, 그렇게 쓰임 받는 도구로 감사하고 싶은데, 내 속에 내가 너무도 많다는 노래 가사 마냥 내 자아가 너무 커서 자꾸만 내가 드러나려다 보니… 이렇게 오만함만 커지는 것 같다.

드러나지 않아도 행복한, 신의 작은 피리가 나 또한 될 수 있기를 오늘도 간절하게 기도해 본다.

18.
선물

작년에 성탄을 맞이해서 치료받으러 오는 아이들에게 줄 선물을 고르느라 분주했다. 일 년에 한 번씩 아이들이 바뀌면 똑같은 아이템으로 주욱 갈 수 있으련만, 수년간 수업받고 있는 아이들이 있는 덕분에 매해 똑같은 선물을 고를 수가 없어서 고민고민 한다. 보통 어린이날과 성탄절에는 선물해 주려고 애쓰는데, 성별도 연령도 다른 아이들의 선물을 고르는 일은 쉬운 일이 아니다. 이번엔 넥워머를 선물하기로 결정하고 한 명한 명 아이들을 떠올리며 색깔을 골랐다.

여자아이, 남자아이, 피부 톤, 스타일, 이렇게 저렇게 맞추어 선물을 샀다. 그런데 막상 준비하고 보니 아이들이 기뻐하는 건 넥워머가 아닐 것 같아 소심해져서 산타가 붙어 있는 알록달록 크리스마스 막대사탕도 한 개씩 더 준비했다.

아이들이 따뜻하게 겨울을 날 모습을 기대하며 선물을 고르고 있는 나 자신이 보였다. 난 받는 것만 유난히 좋아하는 타입이긴 한데, 어느덧 선물하는 것도 설레는 걸 보니 다 컸다 싶기도 하고…ㅋㅋㅋ

선물에 관한 책을 떠올리면 당연히 오 헨리의 유명한 단편 《크리스마스의 선물》이 떠오르곤 한다. 중고등학생 시절엔 그 단편을 보면 그리 애틋하고 아름다운 부부의 모습일 수가 없다며 감동을 했었다. 그런데 이십대가 되어 다시 읽으니 '완전 허영에, 비합리적인 부부네!' 했었다. 아니, 기본적인 의식주 해결도 안 되면서 선물은 웬 말이며, 그리 소통의 부재일 수가 없다. 서로 받고 싶은 선물 대화쯤은 나눴어야 하는 것 아닌가?

또 삼십대가 되어 다시 읽고 보니 아직도 그들의 허영의 찝찝함은 풀리지 않지만, 깜짝 놀라게 해주려 설레는 맘은 전해진다. 구닥다리… 사랑은 구닥다리가 아름답다. 그렇다 하더라도 분수에 맞는 소비를 해야지! 오랜만에 읽으면서도 변함없이 이해 못 하는 나의 모습을 보며 어른이 되고 강팍해지고 메마른 나의 현실을 여실히 느낄 수 있어서 정말 어린 시절과는 또다른 감동이 밀려왔다.ㅋㅋ

최근 들어 '선물'에 대해 특별한 느낌을 들게 해준 책이 있는데, 에쿠니 가오리의 《반짝반짝 빛나는》이다.

벨을 누르자 곧 문이 열리고, 안에서 나타난 것은 곤이었다.

머리에 커다란 빨간 리본을 매달고 있다.

청바지에 네이비 블루색 블레이저, 곤으로서는 최고의

정장이다.

"곤!?"

나는 나도 모르게 소리를 내지르고 말았다.

"선물이야."

옆에서 쇼코가 생글생글 웃고 있었다. 나는 빨간 리본의

의미를 간신히 이해하였다.[17]

이 책은 정말 에쿠니 가오리가 안 썼으면 감당하기 힘든 소설이다. 동성간의 사랑과 그 사랑을 보듬어 주는 아내. 난 정말 이해할 수 없는 스토리이건만, 에쿠니의 글솜씨 덕분에 사랑스럽게 느껴지기까지 한다. 무츠키에게 곤을 선물하는 쇼코. 상대가 가장 좋아할 만한 선물을 준비하는 그 마음이 사랑인 거겠지?

결핍을 채워 주는 이들의 진심 어린 마음이야말로 진짜 사랑인 듯, 이들의 사랑은 반짝반짝 빛난다. 세 명의 귀여운…. 그렇지만, 그래도, 그럼에도 불구하고, 이해되지도, 용서되지도 않는다!

그냥 사랑스러운 글맛 덕분에 예쁘게 봐줄 수는 있는 책이다.

그리고 결과적으로 아이들을 위한 크리스마스 선물은 반응이 아주 좋았다. 엄마들에게만……;

아이들은 지팡이사탕만 쏙 빼고 넥워머는 치료실에 두고 가기도 했다. 실속 없이 요란한 것만 챙겨 가는 아이들의 모습을 보며 좀 황당했는데 나도 평소에 그런 것 같다. 눈에 요란하고 가시적으로 티 나는 것에만 반응하고 좋아하는….

이제 슬슬 받기만 좋아하는 유아적인 나를 내려놓고, 구닥다리 사랑일지라도 진심으로 받을 사람의 마음을 헤아리면서 의젓하게 선물할 줄 아는 어른스러움을 덧입어야 할 시기인 것 같다.

19.
사장님이 시키는 일

얼마 전 한 아이와 '직업'에 대한 공부를 했다. 그러면서 마지막에 내가 "너네 아빠는 무슨 일 하셔?" 하고 물었다. 그러자 그 아이는 완전 씨트콤 반응처럼 무표정하게 "사장님이 시키는 일이요"라고 대답했다.

아이의 대답이 너무 기발해서 마구 웃어 주고 싶었지만 그날 수업이 '직업'이니까, 누군가 그렇게 물었을 경우 '회사원'이라고 대답해야 한다고 알려 주고 마무리를 했다.

그리고 그 아이가 나가고는 혼자 빵 터져서 계속 쿡쿡 웃었다.

사장님이 시키는 일… 아이의 눈에도 아빠는 사장님이 시키는 일을 하는 사람으로 보였나 보다. 이 시대 아버지들이 모두 그렇게 사장님이 시키는 일 하시면서 우리 아이들을 키우고 계시는 건데…. 웃기는 상황인데 잠시 짠한 맘도 들었다.

예전에 〈친구〉라는 영화에도 "아버지 무슨 일 하시노?" 하는 대사가 나와서 한참 웃던 때가 있었는데, 그 아이의 아빠가 하신다는 일 덕분에 크게 웃었다.

사장님이 시키는 일.

나는 다행히도 사장님이 시키는 일을 하지 않아도 되는 직업을 갖고 있어서 사장님이 시키는 일에 대한 스트레스를 경험해본 적이 없는데, 이렇게 살 수 있다는 사실이 행복하게 느껴졌다.

엘윈 브룩스가 쓴 《샬롯의 거미줄》이라는 동화가 있다. 너무 재미있어서 읽으면서 아껴 읽고 싶다는 어처구니없는 생각이 들었던 동화책이다. 동물들의 이야기가 너무 귀엽게 쓰여 있어서, 동물에 크게 감흥 없고 심지어 곤충은 무서워하는 내가 이 책을 읽은 후 동물들의 세계에 관심이 생기고 거미가 예사롭게 보이지 않는다. 거미줄도 뭔가 작품처럼 보이고…

귀여운 소녀 펀과 돼지 윌버, 그리고 거미 샬롯 등 여러 동물들의 완전 귀여운 동화책이다. 거미 샬롯이 이런 말을 한다.

"…산다는 건 뭘까? 이렇게 태어나서, 이렇게 잠시 살다가,
이렇게 죽는 거겠지. 거미가 모두 덫을 놓아서 파리를
잡아먹으며 살기는 하지만, 알지 못하는 게 있어. 어쩌면 난

널 도와줌으로써 내 삶을 조금이나마 승격시키려고 했던 건지도 모르겠어. 어느 누구의 삶이든 조금씩은 다 그럴 거야."[18]

누군가를 도움으로 내 삶을 승격시키려는 것. 음… 난 솔직히 말하면 정말 샬롯처럼 그런 맘으로 직업을 선택했다. 그래서 내 일을 선택한 동기에 대해 사람들이 물으면 "착하게 살고 싶어서"라고 대답한다.

그리스도인들은 대부분 직업을 생각하면 '은사', '소명'이란 단어를 제일 먼저 머리에 떠올린다. 은사를 주신 하나님의 뜻대로 자신에게 맡겨 주신 일을 알고 그 일을 감당하는 사람은 얼마나 편할까. 하나님의 나라를 지키는 것, 그게 어딘지, 어떤 부분 지키면 되는지 딱 꼬집어 알려 주시면 참 편하고 좋을 텐데. 난 성인이 될 때까지도 무슨 일을 맡기셨는지 알지 못하며 지냈다.

사실 지금도 뭐 거창한 계시를 받았다거나, 특수교육에 대한 비전이나 소명이 대단하게 있는 건 아니다. 소명과 은사를 직접적으로 받지 못한 대책 없던 나는 진로를 선택할 때 하나님께 기도했다. 내가 하고 싶은 일을 찾기 원하며 지혜롭게 결정하게 해달라고 기도했고, 하나님을 기쁘시게 할 수 있고 나 또한 기뿜으로 할 수 있는 그런 착한 일을 찾게 해달라고 구했다.

정말 솔직히⋯ 난 착하게 살고 싶었다.

물론 다른 일을 하면서도 착하게 살 수는 있겠지만, 그냥 직업 자체가 착한 일을 할 수 있는 거라면 좋겠다는 생각을 했고 아이들도 좋았다. 다행히도 하나님이 내 맘을 아셨는지 잘 인도하셔서 지금은 착하게 특수교육 관련 치료 일을 하고 있다. 그런데 사람이 너무 단순하면 고생하는 게 나의 경우다.

착한 일은 맞는데, 사실은 좀 힘들기는 하다. 학교 다닐 때 이런저런 자원봉사를 경험하면서 졸업하고 선택할 진로를 많이 고민했는데 그래도 언어치료사는 몸이 덜 고된 것 같아, 나름 약게 고민하고 결정했다. 요즘 복지관이나 학교에 있는 선생님들과 대화하다 보면 내가 정말 잘 선택했다는 안도가 든다. 그래 봐야 다른 특수교육 분야와 비교할 때 덜 힘들다는 거지, 체력적으로나 정신적으로 힘든 건 어쩔 수 없다. 아이들을 좋아하고, 내게 오는 아이들이 문제 행동보다는 유난히도 예쁘고 사랑스러운 부분이 많아 위안 삼으며 행복하게 이 일을 하고 있긴 하다.

그런데 이 일을 하다 보니, 내가 하는 이 일이 나의 행복을 위한 일이고 내 삶을 승격시키는 일이라는 것은 점점 더 맞아서 '소 뒷걸음질 치다 쥐 잡기'로 나한테 맞는 일을 찾아 감사하며 일하고 있는데, 누군가에게 도움을 주고 있는 건지는 가끔 모호해질 때가 있다. 내 뜻과는 다르게 내가 아이들에게 도움 받고 있는 것 같기도 하고, 아이들 대할 때 사악한 선생님으로 변신하는 경우가 많다 보니 딱히 착한 마음으로 아이들을 대하는지도 확실히 모르겠고, 음… 요즘은 헷갈린다.

그러면서 퍼뜩, 사장님이 시키는 일은 하지 않고 살아서 행복한데, 하나님이 시키는 일은 잘하고 있는지 나 자신에게 되물었다. 난 그렇게 살고 있는 걸까? 우선 난 나의 직업을 감사히 받았고 즐겁게 일하며 사는 중이다. 솜씨를 마음껏 부리며 산다고는 못하겠지만, 행복하긴 하다. 물론 '대체 왜 이런 일을 나에게 맡기신 거냐'며 원망할 때도 있다. 좀더 잘할 수 있는 사람에게 맡기셨으면 좋았을 뻔했는데 나처럼 엄살이 심한 사람에게 맡기셔서 하나님도 아차 싶으실 만큼 하나님께 투정도 엄청 부린다. 그렇지만 투정 한바탕 부리고 나면 그래도 나는 또 언제 그랬냐는 듯, 솜씨를 부리며 재미있게 살게 해주셨다는 사실이 감사해서 허허 실실 행복해지곤 한다. 그런데… 나는 행복한데… 하나님은 나 땜에 행복하시려나? 그 투정을 다 받아주시려면 매번 뒷목 잡고 계시는 건 아닐까?

하나님이 시키는 일도 이렇게 뺀질거리는데 사장님이 시키는 일까지 하고 살려면 얼마나 힘들 뻔했어? 사장님이 시키는 일까지 묵묵히 열심히 하는 세상 모든 아버지들에게 너무 감사할 뿐이다. 그리고 그분들께는 미안하지만, 사장님이 시키는 일은 안 하고 살 수 있어서, 휴~ 정말 다행스럽다.

20.
공감 능력

최근까지 노처녀로 주변 사람들의 걱정을 한 몸에 안고 살았던 나였지만 정작 나 스스로는 노처녀라서 불편하거나 스트레스를 크게 받는 편은 아니었다. 그래도 노처녀라서 나빴던 점을 손에 꼽자면 잔소리, 스트레스, 외로움…. 백 가지도 넘지만, 가장 큰 나쁜 점은 '공감 능력 부족'이다. 치료사가 직접적으로 다양한 경험을 하고 그 경험을 바탕으로 내담자들과 공감할 수 있다는 것은 좋은 치료사가 되는 지름길이다.

그런 면에서 나는 내가 만나는 엄마들에게 참 못 미더운 치료사다. 아이들을 봐 온 오랜 경력과 많은 케이스들을 겪은 덕분에 조금은 자신도 있고 능숙할 수도 있으나, 엄마들 상담자로서는 별로 능숙하지 못하다.

가끔 어떤 엄마들은 초기 상담할 때 "선생님 아이는 몇 살이에요?" 하고 물을 때가 있다. 오랜 경력이 소문나서 10년차 정도면 당연히 결혼도 했고 아이도 있을 거란 계산이 나오셨나 보다. 그래서 "아직 시집도 못 갔어요" 하고 대답하면 호의적이던 엄마의 표정이 바뀌는 걸 느끼곤 했다. '아이도 안 낳아 보고 아이를 둔 엄마 맘을 어떻게 이해해' 하시는 거다. 그런 때엔 서운하기도 하지만, 그 마음이 사실이기도 하다. 시집도 못 간 노처녀로서 엄마들의 아픔을 이해하기란 참 어려웠다.

엄마들이 별것 아닌 일도 크게 보고 고민하거나, 아이의 문제를 인정하기 싫어서 자꾸 회피하거나, 뭐 소소한 부부 문제와 시댁과의 갈등까지 들어 가며 상담을 해오실 때엔 정말 그 고통이나 어려움들이 와 닿지가 않아서 조언해 드리기가 쉽지 않다. 그래서 엄마들에게 미리 선전포고를 하기도 한다.

"전 아이가 없어서 주관적인 조언은 어려운데 제가 알고 있는 케이스들 조합해서 객관적으로 조언 드리도록 노력할게요."

그렇게 말씀드리고 그 믿음을 지키기 위해서 더 많이 책도 읽고, 더 많이 사례들도 살펴서 엄마들이 원하는 답을 찾아 드리기 위해 노력하게 된다. 그렇지만 가끔은 그렇게 노력하지 않고도 결혼해서 아이가 있는 다른 치료사들처럼 답을 해드릴 수 있고 안심시켜 드릴 수 있다면 더 좋겠다는 생각이 들 때도 있다.

"우리 애 클 때도 이건 이렇더라구요", "우리 애도 그건 그렇더라구요", "저희 집도 그래요", "다들 그러니 걱정하지 마세요"
등등.

결혼 늦은 것도 서러운데 내가 하는 일에서도 뭔가 결여된
것 같은 이런 기분은 참 싫다.

내게 오는 자폐 아이들의 가장 큰 문제 중 하나도 '공감 능력
부족'이다. 아이들에게 "이럴 땐 어떻게 할까?" 하고 물으면 직
접 경험한 것은 짧게라도 전달하려 하지만, 경험하지 않은 것은
생각도, 상상해 보려고도 하지 않는다. 그래서 사진이나 그림을
보여 주기도 하고 상황을 만들어 간접 경험을 시키기도 해서
자신이 아니라 타인의 일이라 해도 생각해 볼 기회를 갖게 하
려고 수없이 노력하고 있다. 내가 끊임없이 책을 읽고, 아이들
에 관한 정보들을 수집하고, 엄마들과의 상담에서 많이 들으려
고 노력하는 이유가 이런 거다. 모든 걸 다 경험하며 살 수는 없
으니 간접적으로라도 경험하며 공감 능력을 키우기 위해서…

김준기라는 신경정신과 교수님이 쓴 《영화로 만나는 치유의
심리학》이란 책을 보면 영화에서의 상황을 분석하는 부분이
있다.

〈굿 윌 헌팅〉에서 숀 교수는 "나도 너와 같은 비슷한 고통을
겪어 왔어. 그래서 너의 아픔을 잘 알지. 두려워하지 마.

넌 혼자가 아니야"라는 공감의 마음을 윌에게 표현하죠.

이러한 치료자의 솔직한 자기 노출은 때때로

두 사람 사이에 강한 유대감을 만들어 줍니다.

이렇게 신뢰할 수 있는 관계 형성은 트라우마의

회복 과정에서 매우 중요한 역할을 합니다.[19]

이 책은 24편의 영화를 보며 전문의인 저자가 본 주인공들의 심리, 특히 트라우마에 관한 부분을 짚어 주는 책이다. 참 사람이 직업은 못 속인다고 나도 어느 곳에 가든, 무엇을 보든 발음이 나쁘거나 이상한 행동을 하는 아이들이 나오면 시선을 뗄 수 없는데, 이 의사 선생님은 영화를 보면서도 편히 보지 못하고 직업병 발휘하셔서 주인공들의 정신분석을 하셨나 보다.

나는 드라마틱하거나 원작이 있는 영화들은 책으로 읽는 편이고, 개인적으로 '영화는 때리고 부수는 액션 있고 히어로물이라든지 돈 들인 티 많이 나는 것들을 화면에 담아야 한다'는 주의라 이 책에 있는 조용하고 사연 많은 영화들은 별로 접한 게 없어서 그 와중에도 또 공감하지 못했다. 그래서 그냥 심리학 서적 읽는 맘으로 주인공들을 사례자로 생각하며 읽어 내려 갔는데 이것도 나쁘지 않았다. 영화 속에만 등장하는 허구일지라도 이 세상엔 참 다양한 상처들을 안고 살아가는 사람들이 많다는 걸 또다시 실감했다.

그나마 〈굿 윌 헌팅〉은 내가 좋아하는 맷 데이먼과 벤 애플렉이 나오는 영화라 놓치지 않고 봤던 터라 오랜만에 영화가 떠오르며 반가운 맘으로 접했다. 숨겨진 천재 윌 헌팅의 아픔… 그 뒤엔 아버지의 학대가 있었고 그 아픔을 숀 교수는 솔직하게 마음 열고 공감해 줄 수 있었다

이러한 치료자의 공감은 내담자를 빠르게 회복할 수 있는 길로 인도한다. 나도 그렇게 엄마들의 말에 마음 열고 공감하고 보듬어 줄 수 있는 사람이었음 좋겠다. 그래서 꼭 결혼은 해야겠다는 다짐이었고 겨우겨우 뒤늦게 결혼은 했으니 얼른 아이들 낳아 키우면서 진짜 진정한 공감을 하고 싶다! 물론 이번에도 결론은 산으로 가지만… 암튼 꼭 하리라! 육아!! 그리고 공감!!!ㅋㅋ

21.
입시 전쟁

나는 영유아를 좋아해서 치료실에서 아이들 받을 때에도 조금 차별을 두고 어린아이들을 위주로 받긴 하지만, 오래 전부터 우리 기관에 다니던 아이들의 수업을 하다 보면 중고생 아이들의 수업을 하는 경우도 있는데 고등학생 성민이의 경우도 그랬다. 유치원 시절부터 우리 기관을 다니며 수업을 받다가 선생님을 바꾸게 되어 중고등학생 시절 나와 수업을 하게 되었다. 지능이 낮은 편이지만 사회성이 좋고 순한 데다 잘 웃는 인상 좋은 아이라 수업을 하다 보면 다 큰 고등학생 남자아이인데도 귀엽다는 생각이 절로 드는 아이였다.

성민이는 중학생 시절에는 왕따를 당하기도 했지만 문제 행동이 없는 성향 덕분에 서글서글한 이미지로 아이들 사이의 왕따 문제가 오래 지속되지 않고 해결된 경험이 있었다. 일반 고등학교에 다니면서도 사실 특별히 친한 친구가 있다거나 수업에 관심이 있지는 않았지만, 학교에서 크게 문제를 일으키지 않아, 있는 듯 없는 듯 유순하게 학교에 성실히 다니고 있었다. 성민이의 엄마는 아이의 유순한 성격에 맞는다고 생각하셔서 어린 시절부터 미술을 시키셨고, 고등학교 3학년 초까지도 성민이는 성인이 되어서도 미술 활동을 하기를 기대하고 있었는데, 고등학교 3학년 여름이 지나자 엄마는 갑자기 미술을 쉬고 입시에 집중하겠다고 하셨다. 미술 실력을 보는 일반 전형은 어려움이 있으니, 자기소개서와 면접으로 학생을 선발하는 특수아 전형으로 입시를 준비하시겠다는 거였다.

그동안 성민이가 좋아하며 준비하던 미술이 아니라 전혀 다른 전공으로 준비해야 하는 게 좀 속상하긴 했지만, 나도 성민이가 대학을 갈 수 있다면 돕고 싶었다. 자기소개서를 함께 쓰기로 하며 성민이와 어린 시절 경험 이야기, 고등학교 시절 이야기, 소질이나 적성에 대한 이야기, 대학생이 되면 하고 싶은 일 등을 나누며 자기소개서를 작성하게 했다. 아주 일상적인 이야기들은 어려움이 없었지만, 조리 있게 자신의 생각을 담아내는 일은 쉽지 않았고 스스로 정리하게 시켰지만 글에도 어눌함이 담겨 있기 마련이었다. 그럼에도 열심을 다해 자기소개서를 작성하고 면접을 위해 말투를 수정하며 면접 준비 또한 열심히 했다. 원서를 접수하고 면접을 위해 달달 외우다시피 지원하는 학교에 대해, 전공에 대해 공부하고 연습했다. 계속 반복되는 연습에 성민이도 자신감이 붙었다 싶었을 즈음 다른 선생님께 면접하듯이 연습을 해달라고 부탁드렸다. 새로운 사람과 면접을 실전처럼 하기 위해 익숙지 않은 다른 선생님이 성민이를 향해 처음 질문을 던지셨다. "우리 과에 지원한 동기가 뭔가요?" 그러자 그렇게 맨날 달달 외우게 했던 대답을 하나도 하지 못했다. 당황해서 그러는 줄 알고 안심시키며 "우리가 1번에 적었던 질문이잖아" 하자 언제 그랬냐는 듯 술술 대답을 했다. 그래서 왜 처음에 답을 못했냐고 묻자, 성민이는 나와 연습한 질문이 아니라서 답을 못했다고 했다.

이상한 마음에 다시 성민이와 수업할 때 쓰던 질문 종이를 살펴보자 성민이에게 준 면접 질문지에는 "우리 과에 지원한 이유는?"이라고 적혀 있었다. '동기'와 '이유'의 차이에 아이는 다른 질문이라고 생각하고 당황한 거였다. 그런 어휘조차 구분하지 못하는 성민이를 생각하자 갑자기 답답함이 몰려왔다. 이런 거에도 당황하고 판단할 능력도 없는데 대학을 간들 수업을 따라갈 수 있을지, 그동안 배웠던 미술도 아니고 일반 학과에 가서 공부하는 게 성민이에게 무슨 의미가 있을지, 대학에서 공부한 전공을 살리며 사는 게 가능할 것인지… 오만 가지 생각이 들면서 온몸에 힘이 빠져서 의욕이 없어졌다. 그래서 성민이 엄마와 상담을 하면서 나의 솔직한 심정을 나눴다. 어차피 나중에 어딘가 취업을 하려면 직업 훈련을 조금이라도 일찍 받는 게 현명한 게 아닐지, 대학을 보내려고 이렇게 애쓰는 게 결과적으로 성민이의 미래에 얼마나 의미가 있을지 자신이 없다는 내용이었다.

그러자 성민이 엄마도 고개를 끄덕이며 말씀하셨다.

"다른 사람들이 보면 손가락질하겠지만, 그냥 성민이가 대학생활이란 걸 하면 좋겠어요. 어차피 졸업하면 언젠가는 직업교육 받고 단순한 일을 하며 살 텐데 세상에 내보내는 걸 4년이라도 늦추고 싶어서요."

아! 나한테 오는 엄마들은 하나같이 어쩜 이렇게 여리고 천사 같은 건지… 내가 하고 싶은 말들을 쏙 들어가게 만드는 재주들을 갖고 계신다. 어찌 보면 자식의 인생을 설계하고 타임테이블까지 정해 놓고 스펙에 맞추느라 자식을 좌지우지하는 소위 말하는 헬리콥터맘 같은 발상이고, 사회에 일찍 내놓고 싶어 하지 않는, 아이를 너무 감싸고 도는 비겁한 학부모로 보일 수도 있을 것이다. 하지만 너무 순하고 여린 성민이의 기질상 직업 교육을 잘 버틸지도 염려되고, 아이가 또래 아이들을 더 많이 접하고 일반 사회 속에서 경험할 수 있도록 대학을 보내고 싶은 엄마의 마음이 과한 욕심일까? 그 마음이 너무 짠하게 전해져서 토 달지 못하고 면접시험 준비에 더 매진할 수밖에 없었다.

하얀 얼굴에 순하고 여린, 정말 '소년'같이 고와서 목소리 한 번 크게 내며 수업한 적이 없었는데, 여러 학교의 원서를 쓰고 면접을 준비하면서는 혼내고 윽박지르면서 여린 성민이가 겁을 먹기도 하는 어려운 시간을 보내고서 결과적으로는 대학에 합격할 수 있었다. 그래서 성민이는 대학생이 되었고 최근에 성민이 엄마는 전화로 말씀하셨다. 성민이 혼자서 지하철 타고 멀리 통학하는 걸 배우는 데 한 학기가 다 갔고, 같은 과의 일반 아이들과는 못 어울리지만 특수아 전형인 다른 아이를 사귀어 같이 놀기도 하고 문자도 주고받는다며 그게 어디냐고, 재미있게 학교를 다니는 게 보기 좋다고.

사정이 어렵거나 성적이 좋지 않아 대학을 가고 싶어도 못 가는 사람들의 눈에는, 4년의 시간을 벌고 대학생이라는 신분을 누린다는 호사스러운 이유로 대학을 간 것으로 보일지도 모른다. 결국 4년 뒤에는 맞닥뜨려야 할 직업 교육을 회피하는 거 아니냐며 비겁하다며 손가락질할 수도 있겠지만, 성민이의 가족이나 내가 보기엔 어차피 맞닥뜨릴 치열한 현실이 있다면 지금은 우선 즐거움을 더 누리게 하고 싶다. 아무것도 배워 오거나 스펙을 쌓아 오지 못해도 대학생활을 적응하고 기분 좋게 누리고 있다는 것만으로도 너무 대견하고 기뻤다.

스위스의 국민작가로 불리는 페터 빅셀이 쓴 《나는 시간이 아주 많은 어른이 되고 싶었다》라는 책에 보면 시간에 관한 글에 이런 사색이 적혀 있다.

> …특별히 하는 일 없이, 감탄하며 무언가 구경하거나 자세히 관찰하지 않고서도 그저 거기서 서성이는 법을 배웠다. 그냥 거기 있기. 그냥 존재하기. 그냥 살아 있기.[20]

대학이라는, 남들은 스펙을 쌓고 학문을 연구하며 치열한 사회로 향하는 관문에서 그냥 있으라고 하는 게 얼마나 현실감 없고 배부른 소리로 들릴지 모르겠지만 그 안에 그냥 존재하고, 거기서 서성이는 것으로 행복을 배울 수 있다면….

그냥 그곳에서 존재하고 즐거움을 배우고 있다는 것만으로도 나는 성민이를 토닥토닥 칭찬해 주련다.

22.
완전 달라요

몇 달 전 전화 한 통을 받았다. 2년 전쯤 나에게 언어 수업을 받던 영주의 엄마였다. 영주는 처음 올 때 말이 너무 없고 언어적인 표현 자체를 거의 하지 않았다. 똑똑하던 영주는 자신의 발음이 좋지 않다는 것을 알고 유치원에서도 거의 말을 하지 않아 언어 표현이 없다는 것이 주된 문제였다. 그래서 발음 수업을 하고 게임이나 놀이를 통해 표현하는 재미를 배워 가자 갑자기 말이 많이 늘고 발음도 좋아졌다. 그러고 나서 말로 표현하려는 의도가 갑자기 늘었는데 말이 속도를 따라가지 못하자 유창성(말더듬) 문제를 나타내서 한참을 발음과 유창성 수업을 받았던 아이였다. 그런 문제로 2년 전 나를 땀나게 하던 영주라서 혹시나 다시 발음이나 유창성 문제가 생긴 것은 아닌가 염려하며 들었는데, 영주가 문제가 아니라 동생 영하도 발음이 안 좋아 언어치료를 받았으면 좋겠다는 거였다. 그래서 며칠 뒤

동생을 데리고 상담을 오셨다.

영하의 경우는 영주와는 반대였다. 발음은 너무 나쁜데 말은 너무 많고 빨라서 흡사 중국어나 다른 나라 말을 하는 것처럼 들릴 정도였다. 4세라 발음을 지적하기에는 이른 감이 있었으나, 너무 심할 정도로 알아듣기 힘든 수준이었다. 하나하나 단어를 말하게 하면 발음에 오류가 많긴 했지만 알아들을 수 있을 정도는 됐다. 천천히 말하게 하면 그 빠른 말들이 모두 단어를 나열하는 수준이었다. 4세면 말이 빠른 아이들은 문장으로 웬만한 의사소통은 가능한 수준이다. 그런데 영하는 발음도, 언어 발달도 느린 편이라 교육이 필요하여 수업을 받기 시작했다. 수업을 시작하고 몇 달 지나지 않았으나 습득이 빨라 단어를 조합하고 문장을 만들어 내기 시작했고, 느리게 말하는 법을 연습하자 조금씩 알아들을 수 있는 말이 늘게 되었다. 그런데 인지적인 도움을 주려 책이나 카드를 내밀면 아이가 거부했다. 그래서 그냥 놀이를 하며 자동차로 색깔이나, 놀잇감으로 도형, 크기 등을 가르치면 금세 습득하고 잘 활용하는 편이라 크게 문제 삼지는 않았다. 엄마와 상담하면서 아이의 기질이 도구로 노는 걸 좋아한다고 말씀드렸다. 직장을 다니는 영하 엄마는 퇴근 후, 영하와 책 읽기를 많이 해주겠다며 포부에 가득 차서 말씀하셨는데, 그 후로 몇 주가 지난 후 영하 엄마가 너무 심각하게 상담을 해오셨다. 영하가 지능이 떨어지는 것 같다는 거다. 아무리 밤마다 책을 읽어 줘도 관심도 없고 내용도 잘 몰라서 물어보는 질문을 잘 이해 못한다며 걱정을 하셨다. 형인 영주가 네 살 때 충분히 읽고 이해하던 책인데 영하는 전혀 이해하지 못하고 매일 아기 때 보던 유치한 책만 읽어 달라고 가져온다고 말씀하셨다. 그러면서 "영주는 안 그랬는데, 뭘 가르쳐도 잘 배우고 한글도 일찍 깨치고, 호기심도 많았는데 얘는 왜 이럴까요?" 하며 걱정을 하셨다.

그래서 "영주랑 영하랑 다른 아이니까 그렇죠. 아무리 형제라도 아예 다른 아이예요. 같길 바라시면 안 돼죠" 하고 말씀드렸다.

가끔 분리 불안을 가지고 정서적인 문제로 치료받으러 오는 아이 중에 둘째인 경우 엄마들은 따로 재우거나 너무 일찍 분리시킨 걸 지적하면 대부분 이렇게 말씀하셨다.

"얘 누나는 잘만 혼자 자던데", "얘 형은 유치원도 잘 적응했어요."

형제라고, 남매라고, 자매라고 똑같은 아이는 아니다. 심지어 쌍둥이도 같은 아이가 아니다. 기질이 비슷한, 성향이 비슷한 아이는 흔치 않다. 그래서 첫째를 키우 듯 둘째를 똑같이 키우는 건 거의 불가능한 일이다. 쓰던 물건 입던 옷을 물려주는 것과는 다르게 양육 환경을 물려주듯 똑같이 대하는 것은 내 생각에는 매우 위험한 일이다. 첫째가 유치원 분리를 쉽게 했다고 둘째가 한 달, 두 달을 울어도 억지로 떼어 놓고 유치원에 적응시키려다 더 심한 거부와 분리 불안이 오는 경우도 있다. 이런 경우 아직 아이가 분리될 준비가 되어 있지 않은 것이다. 유치원 입학을 조금 미루는 게 아이를 위해 좋은 일이다. 대부분의 아이들은 사회적인 발달이 필요한 시기가 되면 자연스레 분리되기 마련이다. 그러나 기질적으로 애착 욕구가 강하고 분리를 두려워하는 아이들에게는 연습과 부모와의 신뢰가 더 마련되어야 자연스러운 분리가 이루어질 수 있다.

형인 영주의 경우 지적 호기심이 강하고 신중한 아이였다. 그래서 완벽하지 않으면 말하지 않았다. 자신이 발음이 나쁘다는 걸 인식하면 말을 하지 않는 편을 택했으며 말이 많아짐과 동시에 생각도 많아져서 말을 할 때 막힘이 생길 정도의 아이였다. 그래서 혼자 책 보고 터득하면서 인지적인 지식을 습득해서 완벽해져야 마음이 편안한 편이였다. 하지만 동생인 영하는 말을 못해도 부담감 없고, 막내 기질이 다분하여 어찌 보면 더 편안하고 해맑은 아이다. 아직은 도구나 놀잇감이 더 편하고 좋아서 책도 움직이거나 조작하는 게 더 편한 지극히 유아적인 단계라 엄마가 읽어 주는 책이 어렵고 귀찮았던 거다. 그런데 엄마는 형과는 너무 다른 모습에 걱정하고 네 살 무렵 형이 읽던 책을 계속 읽어 주려다 보니 엄마가 읽어 주는 책들을 거부했던 거다. 4세 아이용 책이라고 모든 4세 아이가 이해해야 하는 건 아니다. 보편적으로는 4세가 되면 모두 이해하게 되지만 약간 느리고 3세 시절의 책들을 잘난 척하며 조잘거리는 게 더 편한 아이도 있는 법이다. 영하가 조금 느리긴 하지만 지금의 느린 발달 자체를 인정해 주고 배려해서 엄마가 관심을 가져 주면 영하는 충분히 빠른 변화를 가져올 아이다. 아이들의 '다름'을 온전하게 이해하고 각자의 타고난 성품을 인정하며 아이들을 양육할 때 마음의 불안을 줄일 수 있을 것 같다.

철저한 이성주의자였던 이어령 전 문화부 장관을 신앙인으로 변화되게 만든 딸, 이민아 목사님의 신앙 간증집 중에 《땅끝의 아이들》이라는 책이 있다. 수재였던 학창 시절과 성공한 교포로서의 삶을 살던 목사님은 이혼과 발병, 자식을 잃는 충격 등 거듭된 아픔을 겪었다. 그러나 그 모든 것이 주님의 뜻임을 받아들이고 꾸준하게 성경 공부, 제자 교육, 성령 사역과 치유 사역 등을 하다가 2012년에 소천하셨다. 정말 그 많은 시련과 아픔을 겪고도 다시 일어나는 모습을 보면 위대하다는 생각이 들 수밖에 없다.

그 책에 보면 이런 구절이 있다.

…이렇게 사람이 모두 다르나는 게 참 경이롭습니다. 눈송이 수만 개가 떨어지는데 그걸 자세히 들여다보면 하나하나 다 다르다는 거예요.

그래서 저는 하나님의 사랑도 개별적인 거라고 생각해요.

하나님은 획일주의를 싫어하신다고 생각해요.[21]

내가 하나님을 존경하고 위대하게 생각하는 부분을 너무 딱 꼬집어 적어 주신 구절이다. 나는 하나님의 사랑이 개별적인 것이 너무 신기하고 대단하다고 생각한다. 수없이 많은 우리를 만드시고 그 한 사람 한 사람에 걸맞은 모습으로 계획하시고 사랑해 주시는 하나님.

하나님의 성품에 범접할 수는 없지만, 그래도 본받기 위해 애써야 할 부분인 것 같다. '개별적으로 사랑하기.'

엄마들은 양육하는 아이들이 각자의 본성에 맞게 다르고 특별함을 항상 인지하고 눈송이 하나하나처럼 다른 모습을 인정해 주고, 쉽지는 않겠지만 다른 모습대로 개별성을 인정하며 양육하는 것이 하나님이 맡겨 주신 자녀에 대한 엄마들의 역할일 것이라고 감히 조언해 드리고 싶다.

내가 만나는 아이들의 다름을 항상 기억하고 비교하지 않기. 나도 쉽지 않지만, 나부터 가져야 할 바른 마음이다.

23.
딸바보

하나님은 나에게 "김희선보다 내 딸이 더 예쁘다"고 창피할 만큼 공공연하게 떠들고 다니며, 무작정 사랑하는 아빠를 주셨다. 옛날 옛적 오빠 친구들이 와서 함께 TV를 보다가 아빠가 또 "김희선이 뭐가 예뻐, 우리 딸이 더 예쁘지" 하시는 바람에 오죽하면 오빠 친구가 "아저씨, 그건 아니죠" 하며 격한 반응 오간 적이 있을 정도로 정색하며 딸이 제일 예쁘다고 발끈하시는, 그런 이상한 분이다.

우리 아빠는 조카들이 생기기 전까지는 정말 '맹목적'이 무엇인지 확실히 보이시는 대한민국 대표 딸바보였다. 조카들이 생기며 아빠의 사랑이 옮겨간 게 확실하긴 하지만 그래도 가끔 아빠의 사랑을 확인하고 싶을 때 내가 아빠한테 물어보는 질문이 있는데, 그건 "아빠! 나 태어났을 때 어땠어?"다.

그럼 아빠는 1초도 주저함 없이 "넌 기똥찼어. 다른 애들이랑 달랐어!" 하신다.

그럴 때 다시 한 번 "손자들보다도 예뻤어?" 확인 질문 들어가면 또 "그럼. 넌 정말 예뻤다니깐" 하고 되돌아온다. 그 대답이 듣고 싶어 가끔 물어보는 질문이다. 벌써 30년도 넘게 지난 그때가 생생히 떠오르시는 것처럼, 내가 태어나던 때의 감격을 마구마구 얘기하시는 아빠를 보고 있으면 아직은 조카들보다 나를 더 사랑하는 게 아닐까 되도 않는 기대를 하기도 한다.

이 세상에서 딸바보 대회가 있으면 우리 아빠가 1등 할 거라며 공공연히 떠들었으나 치료실에 오던 수빈이 아빠를 겪어 본 후엔 그냥 그분에게 순순히 국가대표 딸바보 1등 타이틀을 드리기로 했다.

수빈이는 하얀 얼굴에 토실토실 귀여운 여자아이였다. 수빈이가 3세쯤 부모님은 수빈이의 발달장애 문제를 아셨다. 수빈이의 교육이 단기간이 아니라 장기적으로 지속되어야 할 것이라는 걸 인지하신 후, 전문직인 엄마와 대기업을 다니던 아빠는 상의 끝에 어른들이나 돌봄이에게 맡기는 것이 아니라, 아빠가 회사를 그만두고 개인택시를 운전하시며 시간을 자유롭게 쓰기로 하고 수빈이의 교육을 맡고 뒷바라지하기로 하셨다.

조리 있게 말하는 것은 부족했지만, 말도 잘하고 목소리도 크던 수빈이는 그날의 기분과 상태에 따라 극과 극의 수업 태도를 보이던 아이라, 어떤 날은 얌전하게 수업을 잘 받고, 어떤 날은 노래만 부르고 가거나, 심한 날은 소리만 지르다 가기도 해서 예측할 수가 없었다. 그런 아이의 기분을 항상 최상으로 만들기 위해, 마른 편이셨던 수빈이 아빠는 수빈이가 수업에 들어오기 직전까지 업고 있거나 매달리는 수빈이의 응석을 다 받아주고 기분이 최상으로 좋을 때 수업을 받을 수 있도록 맞춰 주셨다. 시간이 지나 여덟 살이 되었는데 행동 문제가 많아 1년 학교를 유예하면서 치료실 수업들을 집중할 때에는 덩치도 커지고 무거워져서 아빠가 계속 업고 계시는 게 버거워 보이기도 하고, 그런 방법으로 기분을 조절하다 보면 학교에 다닐 때 적응할 수 없을 것 같아서 아빠에게 업는 행동을 좀 줄이시라고 말씀드렸다. 그런데 도리어 아빠는 "이렇게 업혀 있는 걸 좋아하는데 좋아하는 걸 안 해 주려니 미안해서 어떡해요" 하셨다. 어쩌다 한두 번 업어 주던 거면 미안한 마음이 이해나 될 텐데, 내리 4~5년을 주구장창 업어 주셨는데 앞으로 업어 주지 못해 미안해서 어쩌냐는 아빠의 반응에, 시기적으로 그만 받아줄 때가 된 거라고 따끔하게 말씀드리려 했는데 할 말을 잃고 말았다.

자식 사랑에 대해서는 모두가 맹목적이고 대단한 것이 사실이다. 내가 만나는 부모님들을 보면 대부분 너무 놀랍다. 그렇지만 모두가 부모이기 이전에 사람인지라 시간이 지나면 사랑의 양과 표현에는 상관없이 조금씩은 지친다. 치료실에 처음 딱 들어오는 부모님들의 얼굴이나 아이들을 대하는 태도를 보면 치료를 받기 시작한 지 얼마나 된 건지 대충은 짐작할 수 있기 마련이다. 초반의 과도한 열의, 중반의 만성피로감, 후반의 초월함이 어느 순간 드러나는 법인데, 수빈이 아빠는 한결같으셨다. 물론 수빈이는 수업하다가 보면 한 번씩 노래 불러 주기도 하고 똘똘히 대답하는 의외의 모습들로 선생님에게 새로운 활력을 주는 사랑스러운 아이이긴 했다. 그래도 꼬집거나 문제 행동을 보이고 귀찮으면 무조건 말을 따라 하는 반향어를 8세까지 보여서 속이 뒤집어지게 만들기도 했는데, 그렇게 하는 행동과 상관없이 마냥 사랑할 수 있다는 게 위대해 보일 지경이었다.

《교회, 나의 고민 나의 사랑》이라는 필립 얀시가 쓴 책에 보면 하나님의 사랑에 대해 표현한 글이 나온다.

> 하나님의 사랑은 값없이, 아무 조건 없이 온다. 내가 아무리
> 잘난 짓을 해도 하나님의 사랑은 커지지 않는다. 내가
> 아무리 못난 짓을 해도 하나님의 사랑은 작아지지 않는다.
> 하나님은 그냥 나를 사랑하신다.[22]

내가 수빈이 아빠를 보며 사랑에 대해, 딸바보의 모습에 대해 이런저런 생각을 하고 뭔가 수빈이에게 하는 사랑의 이유를 찾아보려 애쓰면서 내린 결론은 '그냥'이다.

논리성 0퍼센트에 도전하는 내가 제일 좋아하는 부사 '그냥.' 정말 뭔가 이유 없이 조건 없이 그냥 수빈이가 사랑스러우신 거다.

자녀들을 치료하려 오시는 놀랍고 위대한 부모님들을 보면서 나도 부모님의 사랑을 깨닫게 되기도 하고, 하나님의 사랑—자식을 내어 줄 수 있는 사랑이라면 그건 말 다한 거다—도 의심하지 않게 되었다. 내가 부모의 입장이 되면 어떤 말로 사랑을 표현하게 될지 모르겠지만, 목적 없고 이유 없는 맹목적인 '그냥 사랑,' 그 사랑의 힘이 아이들의 잘남과 못남에 상관없이, 포기하지 않게 만들고 끝까지 변화되게 만드는 법이다.

이사를 가고 학교에 가면서 지금은 만나지 못하는 수빈이와 수빈이 아빠의 소식이 가끔은 궁금하다. 지금 어떻게 지내는지는 모르지만, 변함없이 사랑하고 아이의 컨디션을 위해 허리 휘게 업고 있어도 기꺼이 감당하고 사랑하셨던 아빠가 계시기에 수빈이가 긍정적인 변화를 일으켰으리란 기대를 하게 된다. '그냥' 왠지 그럴 것만 같다.^^

24.
관찰력

특수교육에는 '개별화 교육과정'이라는 것이 있다. 특수교육 대상자 개인의 능력을 계발하기 위해 장애 유형 및 장애 특성에 적합한 교육 관련 서비스 등을 포함해 계획을 수립하여 실시하는 교육인데 IEPindividualized education plan라고 해서 통합 어린이집이나 특수교육 기관에서는 장애 아동 한 명당 학기마다 계획을 수립해야 한다. 장애가 있는 아이들은 일반 아이들과 달라서 통합적으로 지시했을 때 그 상황을 받아들이고 수행하는 것이 어렵고 발달 과정이 보편적이지 않은 경우가 많아서 아이들의 발달 차이에 맞게 한 명 한 명 계획해야 한다. 그 아동에 맞게 계획을 세우려면 교사들은 아동을 잘 관찰하는 것뿐 아니라 어머니와 다른 기관 전문가들과의 교류를 통해 아동의 특성을 잘 알고 가능성을 잘 파악해야 한다. 또한 최근에는 '개별화 가족서비스계획'IFSPindividualized family service plan이라고 장애가 있거나 장애 위험에 놓인 영·유아에게 조기에 적절한 서비스를 제공하고자 그 가족을 지원하기 위해 수립하는 계획도 있다. 장애아 가족을 지원하는 것뿐 아니라 가족들이 지니고 있는 자원을 활용한다는 측면으로 계획이 수립되기도 한다.

내가 특수교육을 하면서 존경하게 되는 엄마들이 있는데 그건 관찰력이 좋은 분들이다. 앞에서 말한 개별화 교육 계획을 세울 때도 아이를 잘 관찰해서 장·단점을 정확하게 알고 있는 엄마들과는 계획을 세우고 실행하기 좋다. 아이의 문제가 무엇인지, 그 문제가 생길 때의 상황이나 그 당시의 행동까지 서술해 주거나, 어떤 행동을 하면 표정이 이렇게 변하고, 거부할 때나 당황하면 어떤 말들을 하는지 등을 알려 주는 관찰력 좋은 엄마들이 있다. 그런 분들의 섬세한 성격이 부담스럽기도 하지만 그 덕분에 아이에게 직접적인 도움을 줄 수 있는 걸 알기에 감사하게 된다. 아이를 관찰하는 눈이 잘 발달한 엄마들은 결국 통찰력이 생기기 마련이고 아이의 예후에도 좋은 영향을 미친다.

몇 년 전, 내게 치료받으러 오는 세인이라는 여자아이가 있었다. 세인이는 지능도 낮고 자폐 성향도 많은 편이라 기능이 좋지 않은 아이였다. 말도 많이 느려 7세 후반인데도, 두세 단어 조합하기를 배우고, 범주 구분하는 것을 배우고 있던 아이였다. 인지는 좋지 않았지만, 운동성이나 조작하는 능력은 좋은 편이라 일상생활에서는 어려움이 없었는데, 어느 날 수업 시간에 화장실에 가고 싶어 하는 듯한 기미를 보여 화장실에 데리고 가려 했더니 심하게 거부하며 그냥 불편한 자세로 방에서 나가려 하지 않았다. 그날 수업 후에 엄마와 상담을 하다 보니 세인이는 다른 사람과는 절대 화장실에 가지 않고, 특히 대변일 경우에는 밖에서 화장실을 가지 않는다고 했다. 치료받으러 오는 아이 중 예민해서 배변 문제가 있는 경우가 많아 '그런가 보다' 하고 지나치려 했는데, 세인이는 아직도 대변을 볼 때 유아 변기에서 한다고 했다. 친척 집에 가거나 다른 집에서 대변을 볼 때에는 바닥에 신문지를 깔고 볼일을 보고 나면 엄마가 치워 주신다고 했다.

나는 충격을 받아 할 말을 잃고 세인이 엄마를 바라보고만 있었다. 기능이 아무리 나빠도 그렇지, 아직 대변을 유아 변기에 하거나 신문지를 깔고 한다니! 7세 후반이라 곧 학교 갈 나이에 덩치도 있는데 아직 배변 훈련이 그 정도로 안 되어 있다는 데 놀라서 세인이 엄마에게 화장실에서 세인이의 행동을 잘 관찰해 보고 가능하면 대변을 볼 때에도 변기에 앉혀 보시라고 부탁 드렸다. 그 후로 몇 주가 지나도 세인이의 배변 문제는 변화가 없다고 하셨다. 화장실에서 소변을 볼 때엔 변기에 앉는

데 대변이 마려운 때엔 너무 심하게 거부하며 난리를 쳐서 계속 유아 변기에 앉힌다고 하셨다. 자폐가 있는 아이들 중에 청각적인 예민함이 심해 화장실 물 내리는 걸 너무 무서워하는 경우가 있는데, 세인이는 소변을 본 후 스스로 물을 내린다고 하니 그런 문제는 아닌 것 같았다. 이런저런 생각을 해도 답이 나오지 않아 결국 세인이 엄마에게 치료실에 오기 전에 밥도 많이 먹이고 물도 마시게 해달라고 부탁하고, 세인이가 평소 화장실에 잘 가는 시간으로 시간도 바꿔서 한동안 직접 관찰하기로 했다. 그러나 수업에 오면 놀며 수업하고 가르치는 데 집중하다 보니 배변 활동을 관찰할 기회가 많이 생기지 않았다. 게다가 대변은 아무리 마려워도 치료실에서는 화장실에 가려 하지 않았다. 몇 번 수업 중에 소변을 보러 간 걸 보면 엄마의 말대로 물 내리는 소리가 원인인 것 같지는 않았다.

그런데 어느 날 소변을 보러 갈 때 관찰해 보니 앉는 자세가 앞으로 너무 쏠려서 앞쪽으로 쓰러질 것처럼 보였다. 그래서 좀 편하게 뒤쪽으로 앉히려 하니 너무 거부하며 울어서 소변도 다 못 볼 지경이었다. 그래서 자세에 문제가 있는 듯해서 다음에 또 화장실에 갔을 때 자세를 잡아 주려 하자 그때도 거부했다. 그래서 세인이가 편한 대로 소변을 보도록 하고 관찰하자 키가 작은데 좌변기에 앉으려면 발이 땅에서 떨어지니까, 그게

싫어서 앞으로 쏠려 거의 앞부분에 걸터앉는 것 같았다. 그날
은 소변을 본 후 계속 좌변기에 앉는 것을 연습했는데, 좌변기
에 앉게 하려고 조금만 발을 떨어뜨려도 자지러지게 울고 거부
했다. 그래서 한참을 씨름하다 내가 무릎을 꿇고 무릎으로 세
인이 발을 받쳐 주고 좌변기에 앉히자 의외로 너무 쉽게 좌변
기에 앉아 있었다. 한참 실랑이를 하느라 눈물을 뚝뚝 흘리면
서도 내가 하는 말을 따라 하기도 하고 세인이가 좋아하는 노
래도 한 곡 부르고 나서 내 무릎을 밟은 채로 좌변기에서 내려
오게 하자 기분 좋게 내려왔다. 세인이는 좌변기에 앉을 때 발
이 땅에서 떨어지는 게 공포스러웠던 모양이었다. 그날은 수업
도 거의 못 하고 화장실에서 씨름을 했지만 엄마랑 상담하며
좌변기 양쪽에 받침을 둬 보자고 제안을 드렸고 엄마도 그러겠
다고 하셨다. 그 후 몇 주 뒤에 세인이 엄마는 세인이 아빠가 벽
돌과 상자로 열심히 받침을 만드셨고 세인이는 볼일을 볼 때 너
무 자연스럽게 받침을 이용하고 유아용 변기를 졸업했다면서
그걸 알아 낸 게 신기하다며 내게 고마워하셨다. 그 뒤로도 세
인이는 집에서는 아빠표 발판 덕분에, 밖에서는 엄마가 무릎으
로 받쳐 주며 얘기해 주는 덕분에 무리 없이 화장실을 다닐 수
있었다.

　특수교육을 공부하는 사람들은 대부분 알 만한, 게다가 몇

년 전에는 영화로도 나와서 유명해진 템플 그랜딘이라는 자폐인이 있다. 강의 시간이나 책으로 그 사람에 대해 접하면서 '정말 자폐가 맞을까? 자폐인이 자신의 어린 시절 기억이나 기분을 책으로 쓰는 게 가능할까? 자신의 전공에서 창작을 할 수 있을까?' 하는 의문이 많이 들었다. 그러다가 영상을 통해 테드 강연TED talks에서 자폐에 대해 짧은 강의를 하는 것을 보게 되었다. 강의하는 것이 일반 교수님들만큼 아주 자연스럽지는 않았고 청중들과 눈 맞춤을 하며 호응을 유도하는 것은 어려워 보였지만, 자신의 어린 시절이나 자신이 생각하는 통합에 대해 의견을 말할 때 잘 정리해서 조리 있게 전달해 주었다. 테드 강연을 보고 나자 그동안의 의심이 좀 사라지며, 자신의 감정을 공유하는 것은 여전히 어렵겠지만 기능이 좋은 자폐는 환경이 뒷받침되면 자신의 분야에서 전문성을 가질 수 있을 거란 생각이 들면서 갑자기 템플 그랜딘이 쓴 책들에 무한 신뢰가 생기기 시작했다. 템플 그랜딘이 쓴 《어느 자폐인 이야기》라는 책에 보면 자폐 아동 교육에 대해 의견을 이야기하는 부분이 나온다.

모든 아동들처럼 자폐 아동들도 각각 다르다. 어느 한 자폐 아동에게 적용되는 방법이 다른 아동에게는 적용되지 않을 수 있다. 물론 어떤 특정한 학습 원리가 모든 사람들에게 적용되는 것도 사실이다. 교육 목적은 각 아동이 보이는 특정한 행동 반응을 관찰하고 찾아서 거기에 맞추어 지도하는 것이다.

아동이 흥미로워하는 것을 찾거나 그가 상상하는 바를 포착해야 한다. …조심스럽게 관찰하는 사람이 되어야 한다. 아이가 좋아하는 반응뿐 아니라 싫어하거나 괴로워하는 것이 무엇인지도 관찰해야 한다.[23]

내 생각도 그렇다. 아이들을 관찰하고 아이의 장·단점을 아는 것은 아이를 교육하는 데 매우 중요하다. 더 나아가 좋아하는 것과, 싫어하지만 필요한 것까지 알아채 주면 더할 나위 없이 아이의 교육에 많은 성과를 가져다준다. 하나하나 너무나 다르고 개별적인 아이들의 필요를 채워 주는 일…, 그게 부모와 내가 도와주어야 할 부분인 것이다. 세인이를 떠올리며, 더 열심히 아이들을 조심스럽게 관찰하는 사람이 되어야 함을 다시 한 번 깨닫게 된다.

25.
또 물어볼 게 있는데요

　내가 좋아하는 잘생긴 지민이는 30개월에 처음 치료실에 왔었다. 거의 한 마디도 못하던 아이는 치료를 시작하고 전폭적인 엄마의 열심 덕분에 빠짐 없이 수업을 참석했고 수업에서 배운 내용은 집에서도 일관성 있게 지켜 주시는 가족들의 도움 덕분에 기특하게도 점점 빠른 변화를 보였다. 어찌나 순하고 예쁘게 이야기하는지, 떼를 쓰며 얘기해도 너무 귀여워서 치료사의 본분을 망각하고 무조건 허용해 주고 싶게 만드는 아이였다. 딱 봐도 똑똑한 엄마는 지민의 교육에 항상 반발 정도 앞서서 아이의 필요를 채우셨고, 가끔 너무 과하게 아이를 이곳저곳 치료실로 돌리는 듯하여 간접적으로 지적하면, 무슨 뜻인지 바로 알아들으시고 조절하는, 센스 있는 엄마였다. 내가 치료 일을 하면서 느끼는 건 엄마들의 감각은 아이들의 참 많은 부분을 좌우하게 된다는 것이다. 감각이 예민한 지민이 엄마에 비해 지민이 아빠는 '호기심천국', 엉뚱힘 그 자체셨다. 식업적으로 시간이 좀 자유로운 지민이 아빠는 치료실에 와서 지민이 수업을 기다리곤 하셨다. 수업이 끝나고 엄마와 수업에 대한 상담을 마칠 때쯤 아빠는 꼭 기다렸다는 듯이 앞으로 와서 앉으시며 질문을 하셨다. 그런데 그 질문이라는 것이 나의 수업과는 전혀 관계가 없는 내용이었다. "애는 왜 화장실 물 내리는 걸 좋아해요?", "언제 말 잘할 수 있어요?", "왜 엄마 말만 들어요?" 이런 거였는데, 좀 시간이 지나자 정말 구체적이고 자세하게 "어제는 이런 행동을 하던데 왜 그래요?", "혼자 있을 때 이런 말을 자주하는데 그건 무슨 뜻일까요?" 질문만 생각해서 오시는 듯 다양한 질문을 쏟아 놓으셨다.

치료실에서 만나는 아이들도 말이 트면 별것 아닌 것들까지 끊임없이 질문해서 혼을 쏙 빼놓곤 하는데 아빠까지 구체적인 질문을 한바탕 쏟아 놓으시니 초반에는 어이없고 귀찮았다. 그리고 답하기 힘든 질문들도 많이 하셔서 곤란한 지경이었다. 그래서 흘려듣고 어물어물 넘어갈 때도 많았는데, 지민이와 수업을 하며 지켜보니 아버지의 질문에서 들었던 행동들을 내 앞에서도 보일 때가 있었다. 그래서 나도 관찰하다 보니 아버지의 질문처럼 궁금해지기도 하고, 더 시간이 지나 답을 찾기도 해서 질문에 대한 대답을 해드릴 수 있게 되기도 했다. 그러다가 아버지의 질문들이 지민이를 많이 관찰하며 생긴 것들임을 깨닫게 된 후로는 질문들을 흘려듣지 않고 즉시 대답하지 못할 때는 더 생각하고 자료도 찾아보고 나중에라도 답해 드리게 되었다.

고재학 논설위원이 쓴 《부모라면 유대인처럼》이라는 책에 보면 《탈무드》를 정리한 마빈 토케이어와의 인터뷰 및 글들이 실렸는데, 마빈 토케이어는 유대인들의 교육법 중에 특별한 점을 '질문하기'라고 여긴다.

> 유대인은 항상 호기심으로 불타고 있기 때문에 사물을 모든 각도에서 보려고 노력한다. '히브리'라는 말에는 '또 다른 한 편에 선다'라는 뜻도 있다. 유대인은 질문을 많이 한다. 유대인에게 어떤 질문을 하면 또 다른 질문이 되어서 돌아오는 경우가 많다. 참을성 있게 인내심을 갖고 꼬치꼬치 캐묻지 않고서는 성공하지 못한다.[24]

지민이 아빠가 유대인 교육법을 알고 배우셨던 건지는 모르겠지만, 질문을 하는 아이들을 보면서 귀찮아하던 나는 지민이 아빠를 보며 질문이 좋은 것임을 깨닫게 되었다. 왜냐면 질문은 관심과 관찰에서 나오기 때문이다. 아이에게 관심이 없다면 궁금한 게 잘 생기지 않고, 관찰력이 있어야 놓치지 않고 질문을 찾을 수 있는 법이다. 그리고 내가 생각하는 질문의 좋은 효과는 질문을 받는 상대를 분발하게 한다는 점이다. 지민이 아빠의 질문을 자주 받다 보니 나도 모르게 지민이와의 수업은 더 신경 쓰게 되고, 질문 받은 부분의 답을 찾기 위해 지민이의 행동이나 말을 주의 깊게 보고 듣고 더 공부하게 되었다. 그래서 그 이후 학령기 아이를 둔 어머님들이 학교에 상담을 하러 간다고 하시면 아이에 대해 학교 선생님에게 전달해야 할 사항들도 이야기해 드리지만, 학교 선생님께 질문할 사항들도 몇 가지 정해 드리곤 한다. 내 경험에 비추어 볼 때 질문을 받고 나면 해답을 찾기 위해서라도 아이에게 더 관심을 갖게 되기 때문이다. 내 치료실에 오는 아이들은 어느 한 부분이든 남다르고 유별난 면이 있다. 무심히 보면 유난스러운 거지만 관심 있게 지켜보고 있으면 특별함을 찾아내게 되기 마련이다. 학교에서 워낙 많은 아이들 사이에 있다 보면 드러나지 않는 모습이라 지나치기 쉽고 문제 행동만 부각되어 귀찮은 아이가 되기 쉽지만, 관심을 갖고 답을 찾으려고 지켜보다 보면 아이의 독특한 행동의 의미를 알게 되기도 하고 알게 되면 이해하게 될 가능성이 높기에, 선생님들의 관심을 유도하기 위해서라도 질문을 하는 것은 정말 좋은 거라고 생각된다.

여러 각도로 살펴보는 힘은 질문하는 습관에서 나온다. 사실 의미 없이 너무 많은 질문들을 쏟아 내는 아이들의 경우는 모두 대답만 해주려 애쓰기보다. "왜 그런 생각이 들었어?", "어느 책을 보면 나올까?" 하면서 스스로 해답을 찾게 하는 연습도 필요하다. 그렇지만 질문이 중요하다는 사실을 깨닫고 나서는 아이들의 의미 없는 질문에도 소홀히 답하지 않으려고 애쓰게 된다. 아이들의 호기심이 나를 배우게 하기 때문이다.

처음에는 두렵던 "또 물어볼 게 있는데요" 하는 지민이 아빠의 말이 내가 아이들과 엄마들을 대하는 태도를 다잡는 데 도움을 주었다. 그래서 어디선가 수업을 받는 엄마들에게 꼭 알려 드리고 싶다. 어른들에게도 유대인의 교육법처럼 질문하는 습관이 필요하다고. 여러 각도에서 아이를 관찰하고 쏟아 내는 질문은 아이도, 엄마도, 선생님도 모두를 성장시킬 수 있는 밑거름이 된다고 알려 드리고 싶다.

26.
버섯 극복

특수교육을 전공하기도 했고, 언어적인 수업 외에 아이들의 정서나 문제 행동을 수정하는 것도 수업의 일부로 하는 편이다 보니 종종 엄마들이 "우리 애 밥 좀 잘 먹게 해주시면 안 돼요?" 하는 요구를 하실 때가 있다. 그러면 구체적으로 여쭈어보고 도움을 드리기도 한다. 하지만 가끔은 얼토당토않게 "채소를 너무 안 먹어요. 채소 좀 좋아하게 해주세요" 하는 경우가 있다. 아이들은 대개 채소를 잘 안 먹는다. 내 주변의 아이 대부분이 그렇다. 채소를 잘 먹는 아이들이 특별하고 신기한 거다. 그래서 "지극히 정상이에요" 하고 대답하곤 한다.

솔직히 나는 아직도 버섯을 안 먹는다. 어릴 때는 스머프네 집이라 먹기 싫다며 어처구니없는 평화주의(?)를 외치기도 했고, 커서는 씹히는 식감이 별로다, 향이 강하다는 등 별별 이유를 다 붙였다. 하지만 사실 나는 스머프들을 잡으려 그렇게나 애쓰지만 매번 뒤통수 맞고 허탕 치는 가가멜을 더 안쓰러워하는 어린이였고, 식감을 탓하기엔 산낙지도 무참히 씹을 수 있고, 멍게 같은 향이 강한 것도 즐겨 먹을 수 있는 아주 지극히 잡식성이다. 그런데도 버섯은 싫다. 입에 넣는 기분도 싫고 씹는 것도 싫다. 내 주변 모두들, 부모님조차 어른이 되면 버섯을 먹게 될 거라 했는데 아직 어른이 안 되었을 리 없건만 나는 아직도 버섯을 못 먹는다. 내 처지가 이렇다 보니 편식하는 아이들의 문제를 크게 확대해석하지 않는 편이다. 싫은데 어쩌라는 건가? 먹기 싫다는데… 내가 무슨 수로 채소를 좋아하게 만드냐고….ㅠㅠ

　어린 시절 엄마는 나의 편식을 고친다며 버섯을 송송 썰어 모든 음식에 투척하시거나, 말려서 가루를 내어 모든 국물 음식에 넣으시거나 하셨다. 엄마의 표현에 따르면 어느 누구보다 버섯을 먹은 양은 많을 거라며 자부할 만큼 버섯을 많이 먹었다. 물론 형태가 있는 버섯은 입에도 대지 않았지만 말이다. 아무리 국물을 우려내고 가루를 만들어 많이 먹어도 그냥 버섯을 먹을 수 있다는 거지 좋아하게 되진 않는다. 어른이 되었지만 여전히 나는 친한 사람들과는 버섯 음식은 먹지 않고, 버섯이 들어 간 음식을 먹어야 할 때는 추접스럽게 접시 한쪽에 버섯을 차곡차곡 쌓아 두고, 고기 구울 때 나오는 버섯도 일행들에게 양부의 미덕을 실천하며 꿋꿋이 편식을 유지하고 있다. 그래도 성인이 되어 사회생활은 해야 하기에 어른들과 버섯전골을 먹으러 가서는 씹지 않고 꿀떡꿀떡 삼키는 한이 있더라도 티 내지 않고, 상견례 자리에서는 참고 먹는 정도의 참을성을 발휘하게 되었다.

내가 이런 지경이다 보니 편식하는 음식을 좋아하게 만들어 달라는 건 말도 안 되는 요구다. 그걸 알면 나부터 고쳐야지…. 그럼에도 치료사니까 나름의 노력은 기울이는데, 그 음식을 인형에게 먹이거나 먹는 놀이를 하며 '맛있다'고 말해 보거나, 요리 놀이를 하거나 친숙하게 만지게 하는 등의 활동을 하기도 한다. 그러다 보면 조금은 친숙해지기 마련이다. 친숙해지기는 하겠지만 그렇다고 좋아하진 않는다. 그래도 내가 수업을 통해 목표로 삼는 건 '참는 법'이다. 우리 아이들은 뭔가를 거부하면 일반 아이들과는 달리 심하게 울거나 무조건 '웩' 하고 뱉어 버리거나 먹은 것까지 토해 가며 온몸으로 거부하는 경우가 많다. 이런 경우는 그 음식을 좋아하는 법을 배우는 게 아니라 그 음식을 보고 참는 법, 더 나아가 먹기 싫어도 한두 번쯤은 참고 먹는 법을 배우는 거다. 싫은 걸 좋아하게 되거나 잘 먹게 되는 건 아이들에게는 너무 어려운 숙제다. 그렇지만 사회성을 위해서는 좋아하지 않는 것도 참고 입에 넣어 보고 삼키며 참는 걸 알려 주기 위해 노력한다. 그렇게 가혹하게 편식을 고치기 위해 노력하지만 내 진심은 그냥 먹기 싫은 건 안 먹고 살게 해주면 좋겠다. 영양상의 문제가 아니라면 다른 음식으로 대체하거나 갈아먹거나 주스로 먹거나 국물에 우려먹거나 해서, 싫은 것 억지로 참게 하지 않았으면 좋겠다. 안 그래도 우리 아이들은 자신들의 특별한 기질을 참고 살아야 할 것이 많은데 이런 것까지 참으라고 하는 게 미안하기까지 하다. 그냥 싫은 건 안 먹고, 먹고 싶은 것만 잘 먹고살면 좋겠구먼….

내 쫌스런 맘을 대변한다고 하기에는 너무 거창한 책 구절이 있다. 황석영 작가의 《개밥바라기 별》의 맺음글에 적힌 말이다.

'너희들 하고 싶은 대로 하라'고 끊임없이 속삭이면서, 다만 자기가 작정해 둔 귀한 가치들을 끝까지 놓쳐서는 안 된다는 전제를 잊지 않았다. 그리고 너의 모든 것을 긍정하라고 말해 줄 것이다. 물론 삶에는 실망과 환멸이 더 많을 수도 있지만, 하고픈 일을 신나게 해내는 것이야말로 우리가 태어난 이유이기도 하다. 하고 싶지 않은 일을 때려치운다고 해서 너를 비난하는 어른들을 두려워하지 말라는 거다.[25]

하고 싶은 대로 하고 살라는 작가의 말대로, '너희들 먹고 싶은 것만 먹어라'가 편식으로 나한테 구박받는 아이들에게 내가 진짜로 해주고 싶은 말이었다.

　내가 이렇게 한두 가지 편식하는 것에는 관대한 편이지만 식사 습관에 문제가 있다고 하면 얘기가 달라진다. 특히 밥 먹기 자체를 거부하는 건 그냥 보고 있으면 안 된다. 내가 보기엔 식탐은 타고나는 것이라 '먹어라, 먹어라' 따라다니지 않아도 먹고 싶은 게 끝도 없이 생각나는 아이가 있는가 하면, 음식에 관심 자체가 없어서 밥 먹이기가 제일 힘든 아이도 있다. 그런 아이들의 경우 없는 식탐을 가져올 수도 없고 힘들어도 따라다니며 먹이게 되는 게 엄마들 마음인 것 같다. 그런데 밥을 먹을 때 너무 절절매거나, 윽박지르는 일이 반복되면 아이는 밥 먹는 시간이 점점 더 곤욕스러워질 수밖에 없다. 엄마들에게 하는 나의 개인적인 조언은 무조건 하이체어다.

　아이가 어릴 때 카시트는 필수로 여기고 카시트에 적응시키는 것은 아무리 울어도 감수하며 습관을 들인다. 카시트는 생명과 직결되어 있어서 카시트를 적응 못하면 너무 위험하기 때문이다. 그런데 하이체어는 선택이라고 생각하는 것 같다. 바닥에 앉아 먹기도 하고, 따라다니며 아이 먼저 먹여 놓고 어른들은 식탁에서 먹기도 하는데, 나는 내게 오는 아이들 중에 밥 먹이기 힘들어서 곤욕스럽다는 엄마들의 상담을 받으면 무조건 하이체어부터 장만하고 엄마가 식사하는 시간에 식탁에 아이를 앉혀 놓으라고 한다. 식탁에 앉아서 자신의 밥과 반찬을 받고 더 심하게 저지레하고, 먹여 줄 때보다 먹는 양도 적고, 부모님들은 밥이 코로 들어가는지 입으로 들어가는지 모르는 그런 시간이 한동안은 지속되겠지만, 점차 시간이 지나면 밥을 먹는 양은 늘지 않더라도, 밥 먹는 시간을 할애해야 한다는 것과 가족들이 앉아 있을 때 자신도 자리를 지켜야 하는 구성원이란 사실을 경험하고 적응하게 된다. 유대인들이나 케네디가에서 강조했다는 '밥상머리 교육'까지는 아니더라도 가족들이 식사할 때 자리를 지켜야 하고 혼자 돌아다니지 않고 앉아서 뭐라도 해야 한다는 걸 아이가 배우게 되면 할 일이 없어서라도 먹는 것에 관심을 보이게 된다. 그러면서 식탁 예절을 알아가게 되는 거다. 어떤 전문가들은 식사 시간에는 음식 먹는 데에 집중하도록 간단한 이야기 외에는 다른 일에 정신 팔리는 대화를 하지 말라 하기도 하는데, 내가 가르치는 아이들의 경우는 섭식에 문제가 있을 수도 있고 감각이 예민해서 씹고 삼키는 일이 힘들어 거부를 강하게 하는 경우도 많아 나는 최대한 밥 먹는 시간을 즐겁게 경험시켜 주라고 조언한다. 식탁에서 식사 시간에 먹는 걸 거부하더라도 앉혀 놓고 노래를 불러 주거나 얘기를 하고 그냥 단순한 말을 시켜서라도 식사하는 시간을 확보하고 식탁에 앉는 습관을 들이는 건 중요한 일이다. 아이들이 터널, 기차 같은 거 좋아하니 김에 싸서 입 벌리면 터널로 기차 들어간다고 쏙 넣어 주기도 하고, 여자아이들은 인형 먹이며 함께 먹이는 등 스마트폰이나 영상을 제외한, 약간의 놀잇감을 동원해서라도 식탁에서의 시간을 즐겁게 기억하게 만드는 게 중요하다고 생각한다. 매일 김밥만 먹이면 영양의 불균형은 어쩌나 걱정이겠지만, 그건 앞에 얘기한 대로 갈아 주고 국물에 우려 주고 비타민으로 보충해 주더라도… 여하튼 나는 밥상머리 교육이 중요하다고 본다. 의미 있는 대화나 조언까지 나누는 경지가 아니더라도 어려서부터 식탁에 앉아서 식사 시간에 참여하는 습관이 아이의 음식 거부 문제를 결과적으로 해결할 방법이라고 생각해서 밥 먹기 까다롭다는 엄마들에게 꼭 하이체어에 앉히는 연습을 시키라고 권한다. 앞에서도 썼듯이, 싫어하던 밥 먹기를 좋아하게 만들기는 사실 쉽지 않다. 싫은 건 그냥 싫은 거다. 그렇지만 결국은 먹기 싫은 밥이라도 '참고 먹는 법'을 배우게 되는 거다. 그런데 밥 먹기 자체가 좋아지지 않더라도 '식사 시간'을 좋아하면 다양한 음식들을 경험하고 언젠가는 운 좋게 좋아하는 음식을 찾게 될 수도 있기 때문에 식사 시간을 확보하고 아이가 그 시간을 기억하게 하는 것은 중요한 일이다. 카시트만큼 하이체어도, 고생을 감수하고서라도 습관 들이는 노력을 해야 한다는 건 지극히 개인적인 생각이라 강요할 순 없지만, 내 생각은 그렇다는 거다.

사실 내 진심은 아이들이 좋아하는 것 실컷 먹고, 싫은 건 안 먹으며 살면 좋겠다. 그래도 '먹는 것' 자체가 싫어서 좋아하는 게 없는 건 두고 볼 수 없기에 편식에는 관대하고 밥을 안 먹는 것에는 핏대 세워 강권하는 편이다. 물론 내가 편식을 하니까, 그래서 관대한 것일 수도 있지만… 너무 속보이나?ㅋㅋㅋ 그래도 어쩔 수 없지만 나의 식사 교육에 대한 소신은 이렇다.

27.
자장가

민석이는 24개월에 외할머니와의 분리되는 것을 너무 심하게 거부해서 문화센터나 가까운 어린이집도 보낼 수가 없었고, 말도 하지 못해서 대학병원에서 분리 불안 진단을 받고 조금 더 지켜보다가 26개월에 치료받으러 왔다. 민석이 아빠는 천안에서 직장을 다니시고 엄마도 직장을 다니셔서 경기도에 있는 외갓집에서 아이를 양육하고 계셨다. 주말에만 오셔서 아이를 집으로 데려가는데 아주 어린 아기 때는 가능하더니, 20개월이 넘으면서는 데려가려고 여러 번 시도했지만 외할머니와 떨어지려 하지 않고 엄마도 아직 감당할 수 없어서 결국 못 데려갔다고 하셨다. 대학병원에서 상담을 받을 때 애착에 문제가 있어서 이사를 권유받으셨고 친정 옆으로 이사를 왔지만 2개월이 지나도록 별로 변한 게 없다며 답답함을 호소하셨다. 매일 퇴근 후 놀아 주면 아이가 엄마, 아빠를 아는 듯 열심히 놀다가도 잠이 오면 외할머니만 찾아서 집에서 재우는 건 꿈도 못 꾼다고 하셨다.

초기 상담 이후에는 매번 먼 치료실까지 외할머니와 외할아버지가 데리고 오셨는데, 낯선 나와도 놀이 하는 건 거부해서 억지로 분리 시도를 하지 않고, 할머니와 꽤 많은 회기 동안 함께 입실해서 수업을 했다. 초기에는 이렇다 할 수업은 아니고 노래를 부르거나 놀이를 하며 관계를 형성하는 것만 노력했는데, 시간이 조금 지나자 할머니가 나가셔도 놀이에 빠져서 분리가 되기 시작했다. 사실 40분 동안 수업 같지도 않은 놀이만 해서 언제 울지 몰라 문 바로 앞에서 대기하고 계신 할머니 보기 민망한 수준이었지만, 할머니는 민석이와 너무 껌딱지같이 붙어 있다 보니, 40분이라도 떨어지는 게 신기하고 다행이라고 하셨다. 그러면서 잘 때라도 집에 가서 자면 좋을 텐데, 민석이 집에 민석이 방을 만들어 놓아도 잠은 할머니랑 자야 해서 너무 힘들다고 하셨다. 그래서 엄마와 전화로 상담을 하면서 민석이가 할머니와 잠을 자더라도 잠이 들 때까지는 엄마가 10곡씩 자장가를 불러 주라고 조언을 드렸다. 뭔가 해결책이라기보다는, 민석이가 말은 못해도 멜로디 흥얼거리는 것은 좋아하고 놀이 할 때도 자장자장 놀이를 한참 동안 하는 편이라 왠지 도움이 되지 않을까 하는 생각이 들어서 드린 조언이었다. 하루 이

틀 만에 찐 하고 뭔가 변화가 있던 건 아니었지만, 시간이 지나자 민석이의 집에서 할머니와 엄마 모두 함께 잠들기도 하고, 잠들어서 할머니가 나와도 엄마와 그대로 깊이 자는 횟수가 늘더니 엄마와 둘이서 잘 수 있게 되어, 잘 때라도 편하게 잘 수 있게 되었다고 할머니가 기뻐하시는 날이 찾아왔다. 분리 불안 문제가 완벽하게 사라진 건 아니었고, 새로운 공간에 갈 때마다 땀 나도록 힘들게 하긴 했지만, 할머니는 잠을 엄마와 자는 것만으로도 기적 같은 일이라며 나를 무슨 기적을 일으킨 예수님이라도 되는 듯 칭찬해 주시고, 고마워하셨다.

일본 여성 소설가인 에쿠니 가오리가 쓴 가벼운 소품집인 《취하기에 부족하지 않은》이라는 책에 보면 자장가에 대해서 얘기한 부분이 있다.

> 자장가란 참 신기한 것이다. 어른이 된 나는 이제 막 자려는 참에 노래를 불러 대면 시끄러워서 잠이 들 것 같지 않다고 생각하는데, 어린아이들에게는 기분 좋게 들린다면, 그것은 역시 어린아이들이 말을 이해하지 못하는 데다 기껏 노래를 불러주는데 들어 줘야지, 하는 공연한 신경을 쓰지 않는 덕분일 것이다. 그런 것을 천진함의 미덕이라 해야 할까?[26]

작가의 말처럼 아이들에게만 통하는 신기한 천진함의 미덕인 '자장가'. 그냥 미덕이라 신기해하며 가벼이 지나갈 수 없는 놀라운 힘이 자장가에 있다. 내가 10년 동안 가르친 아이들 중 정말 나를 제일 많이 좌절시키기 랭킹 1위로 뽑힐 정도로 기능이 나쁘고 언어도 거의 늘지 않았던 아이가 있었는데, 그렇게 뭔가를 가르치는 게 거의 불가능해 보였던 아이도 책이나 놀이에서 자는 아이가 나와서 '자장자장'을 하라고 하면 금세 따라 했다. 내가 겪은 아이들은 모두 아무리 어릴 때 수업하러 와도 역할놀이 책을 보며 자장자장 해주라고 하면 다들 손을 이불 위에 올리고 토닥토닥하며 발음은 어눌해도 '자장자장'을 한다. 모든 집에서 똑같은 자장가를 부르는 건 아닐 텐데 희한하게 자장자장은 한다. 여러 아이들의 경우를 접하면서 엄마와의 애착에 문제가 있는 아이들이 자장가 덕을 보는 경우를 많이 경험하며 나는 자장가에 내가 모르는 힘이 있을 거란 막연한 생각을 하게 되었다. 내가 자장가를 연구하거나 자장가와 애착의 상관관계를 밝힌 논문이나 연구 결과를 찾아본 것은 아니지만, 어른들이 알 수 없는 신비한 힘이 자장가에 있다고 나는 막연하게 믿는다.

민석이는 시간이 지나도 발달에 문제를 보였다. 분리 불안만 사라지면 해결되리라고 기대했던 민석이 부모님과 외조모님은 사실 실망을 많이 하셨다. 결국 나는 민석이의 지능이 낮은 것 같다고 솔직하게 말씀드렸고, 나에 대해 칭송을 마지않았던 가족에게 큰 좌절을 안겨야 하는 총대를 매야 했다.

분리 불안을 보이는 아이들은 두 가지 유형이 있다. 정말 원래 기질에 불안이 많은 유형인데 안정적이지 못한 양육으로 인해 불안이 도드라지게 되었거나, 천성적으로 새로운 것을 낯설어하여 변화가 생기는 모든 곳에서 심리적인 불안을 보이는 경우다. 또 다른 한 가지는 아이의 지능이 낮아서 상황이 변하는 것을 그때그때 인지하지 못하는 경우다. 양육자가 꼭 한 명이 아니라는 것, 주 양육자는 있지만 보조 양육자가 있어서 변할 수도 있다는 것, 익숙한 공간이 편안하겠지만 새로운 공간에서도 적응할 수 있다는 사실을 스스로 인지하지 못하는 경우이다. 아주 어린 아기일 경우에는 그런 상황이 인지되지 않기 때문에 낯가림을 많이 하지만 낯가림 시기가 지나고서도 그런 불안이 너무 오래가는 경우는 인지 수준 자체가 낮아서일 수도 있다. 그래서 분리 불안의 문제를 갖고 치료실을 내원하지만 여러 각도에서 살펴보면 인지 수준의 문제를 보이는 경우도 종종 있다.

그 후로도 꾸준하게 몇 년의 수업을 받고 여러 가지 교육의 도움을 받아 말도 늘고 사회성도 많이 늘어서 심한 불안을 가지고 있었단 사실 따위는 모두 잊게 해준 민석이였지만, 지금도 나는 다른 아이들과 자장가 부르는 놀이를 하다 보면 민석이가 떠오르곤 한다.

어떤 아이들은 혼자 아이 방에 둬도 잘만 잠들고, 자장가 한 곡이면 금세 곯아떨어지고, 한번 잠들면 아침까지 깨지 않는, 모든 엄마들의 희망 사항인 순한 아이들도 분명 있지만, 예민해서 재우는 게 숙제 같고, 다 큰 것 같은데 자기 방에서 혼자 자는 건 힘들고, 새벽에도 열두 번은 더 깨는 아이들도 있다. 나는 잠들기 연습도 습관이라고 생각하는 사람 중 하나지만, 주변에서 봐도 말처럼 쉬운 일은 아닌 것 같다. 나도 내 아이에게 적용해 본 일이 아니라서 재우는 습관에 대해서는 뭔가 이렇다 할 조언을 할 수 없지만, 예민하고 분리 불안이 심한 아이의 경우라면 조금 지루하고 수고스럽더라도 기도해 주고, 자장가를 불러 주라고 자신 있게 말할 수 있다. 어떤 노래든 상관없고 음치여도 상관없다. 아이는 잠결에 들려오는 엄마, 아빠의 목소리를 통해 불안을 줄일 수 있고, 의존성이 더 강해지는 것이 아니라 자장가를 들으며 자신의 존재감을 더 인식하게 되어 더 잘 성장하는 시간이 되는 것 같다. 나는 자장가의 힘을 믿는다.

28.
엄마가 미워요

"난 엄마가 미워요."

윤수가 밑도 끝도 없이 내뱉은 말이었다. 충동 조절과 분노 조절이 어려운 윤수는 내 방에 들어올 때에도 거의 매번 "아이 씨, 여기 싫어," "나 공부하기 싫어요" 등 뭐든 싫다고 말하는 게 입에 붙은 아이였다. 막상 들어와서 수업을 받으면 그렇게 순할 수가 없는데 수업에 들어오기까지 짜증이 가득한 아이였다. 매번 내 방이, 공부가, 선생님이, 친구가 싫다던 윤수는 드디어 이제는 엄마도 싫다더니 엄마가 너무 나쁘다고 엄마 좀 바꿔 주면 좋겠다고 화를 내기까지 했다.

무슨 일인가 들어 보니 충동 조절이 어려운 윤수는 학교에서 오는 길에 괜히 친구에게 싸움을 걸었고 친구와 싸우는 걸 우연히 목격한 엄마에게 치료실에 오는 내내 꾸중을 들은 거였다. 윤수는 충동 조절이 어려워서 약물도 먹고 있긴 하지만, 계속 엄마가 제한을 두고, 훈육을 하고, 규칙을 정해 주는 역할을 해야 하는 경우이다 보니, 엄마는 윤수에게 엄격할 수밖에 없었다. 엄마에게 꾸중을 들은 게 분해서 분을 삭이지 못한 윤수는 "우리 엄마는 화만 내요, 우리 엄마는 나빠요, 목소리가 괴물 같아요, 짜증 나요" 하고 요란 법석 엄마에 대한 험담을 쏟아 냈다. 충분히 들어주고 좀 진정이 된 후 수업을 진행했다. 생각 말하기 수업을 하며, 나쁜 행동을 하는 그림들을 보여 주는데 불장난을 하는 그림이 나왔다.

그래서 윤수에게 어떤 상황인지, 어떻게 알았는지 등의 상황과 관련된 질문과 생각 나누기를 하다가 물어봤다. "지금 이 친구들이 불장난하려는 걸 엄마가 보면 뭐라고 하실까?" 그러자 너무 자신 있게 "혼내 주죠" 했다. 뭐라고 혼내야 할지 구체적으로 역할놀이도 하고 다양한 목소리로 혼내기도 했다. 그러면서 내가 "불장난 한다고 엄마가 괴물 목소리로 혼내면 나쁜 엄마잖아, 착한 엄마는 칭찬해 줘야지. 얘들아 잘했어" 하며 아이들을 칭찬하는 말을 하자, 똘똘한 윤수는 "나쁜 일을 했을 때 칭찬해 주면 안 돼요. 불 나면 큰일 나요!" 하면서 흥분을 했다. 그래서 이때다 싶어, 나쁜 엄마/착한 엄마 표를 그리고 착한 행동/나쁜 행동을 나누어 설명하며 착한 행동에 칭찬하고 나쁜 행동에는 꾸중하는 게 착한 엄마, 착한 행동에 꾸중하고 나쁜 행동에는 칭찬하는 게 나쁜 엄마라고 정리를 했다. 그리고 싸울 때 꾸중하는 엄마는 어디에 해당하는지 표시하게 하자 수업 내용을 이해한 윤수는 너무 쿨하게 "우리 엄마 착한 엄마네요? 그럴 줄 알았어" 하고 엄마에 대해 칭찬을 했다. 윤수가 그 내용을 두고두고 기억할 리 없지만, 그래도 엄마에 대한 과한 분노심에 대해 짚어 주고 싶었다. 혼내면 나쁜 엄마, 칭찬하면 착한 엄마라는 단순한 생각을 하는 윤수에게 상황에 따라 엄마도 혼내고 싶지 않더라도 혼을 낼 수밖에 없다는 것을 알려 주고 싶었는데, 그게 확실하게 이해되지 않더라도 잠깐이라도 기억하게 되길 바랐다. 결과적으로는 나쁜 행동을 하지 않으면 혼나지 않는다는 얘기까지 전달하긴 했으나, 40분 수업만으로 윤수가 그 많은 것을 소화했다면 그건 기적이고, 우선은 엄마가 나쁜 엄마가 아니라는 것, 엄마는 나쁠 수가 없다는 위대한 사실을 알아주길 바랐다. 수업을 마칠 때엔 좋은 엄마를 다정하게 부르면서 나가는 윤수를 보며 훈훈한 마무리에 뿌듯했다.

참 신기하게도 모든 아이들은 엄마를 너무 사랑한다. 그리고 한편으로는 엄마를 너무 미워한다. 경쟁하며 질투하기도 하고, 원망하기도 한다.

내가 너무 재미있게 읽었던 공지영 작가의 《즐거운 나의 집》

에 보면, 작가인 이 책의 주인공이, 딸의 친구인 쪼유라는 여학생이 자신의 엄마와 싸우고 가출했을 때 쪼유에게 해주는 말인데, 삼십대가 훌쩍 지난 나도 몇 년 전에도, 지금도 다시 읽으며 고개 끄덕여지는 부분이었다.

> "…그리고 무엇보다 네가 기억해야만 하는 건, 네 엄마도,
> 그리고 이 아줌마도 한때는 자신들의 엄마에 대해 무지무지
> 많은 불만을 가진 그런 딸들이었다는 거야. 솔직히 성모
> 마리아가 우리 엄마였다 하더라도 반발할 거리가 있었을 거
> 같아. 왜 그렇게 착하고 성스럽냐고 대들면서 말이지…."[27]

사춘기 시절에는 누구든 느꼈을 엄마에 대한 불만, 이 글귀를 읽을 때 완전 공감할 수밖에 없었다. 정말 우리가 엄마에 대해 불만이 생기는 건 착하고 안 착하고의 문제가 아니다. 그냥 '엄마'이기 때문이다. 엄마가 성모 마리아였어도…. 그냥 불만이 있었을 거다. 진짜 그랬을 것 같다.

이 일을 하며 '나쁜 엄마'를 본 적은 한 번도 없다. 무지하거나 잘못 결정하는 경우는 가끔 보는데, 그건 '나빠서'가 아니라 '몰라서'다. 나쁜 엄마들은 없는데도 아이들은 엄마를 미워하기도 하고, 나쁘다며 불만을 터뜨리기도 한다. 나쁜 엄마의 오

명을 조금이라도 빚고 싶다면, 우선 아이들을 야단칠 때엔 이유를 분명하게 알려 줘야 한다. 무슨 일로 혼을 내도 부당하게 여기는 아이들이지만, 그럼에도 확실하게 이유를 알려 줘야 과한 분노심이 생기는 걸 막을 수 있다. 그리고 가장 중요한 것은 나쁘지 않은데 부당하게 나쁘다고 원망 듣고, 밉지 않은데 밉다며 원성 사는 것을, 착하고 좋은 수많은 엄마들이 어차피 훈육을 포기할 수는 없으니, 겸허히 받아들여야 한다. 아이들에게 평생 착한 엄마, 좋은 엄마만 되어 줄 수는 없다는 사실을, 공지영 작가의 글처럼 성모 마리아였어도 '엄마'라는 자리는 원망 듣고, 욕먹을 자리라는 것을 겸허히 받아들이는 게 필요하다.

꿋꿋하게! 소신 있게! 아이들에게 원망 듣고 욕먹어도 당당하게! 나쁜 엄마들, 힘내세요. 파이팅!!!

29.
포기라니요

내가 공부하던 시절에는 발달장애, 발달지체를 구분하고, 고
기능자폐와 전반적발달장애, 아스퍼거*를 구분하며 명칭과 증
상에 대한 모호함이 많았는데, 2013년에 나온 미국정신의학
회 기준 DSM-5**에서는 이런 모호함마저 인정하며 뭉뚱그려
서, 전반적으로 사회성이 떨어지고 발달에 문제를 보이는 아이
들을 모두, 스펙트럼처럼 다양한 증상을 보인다고 해서 '자폐스
펙트럼 장애'라고 통칭하기로 했다. 내가 가장 많이 만나는 '자
폐스펙트럼 장애' 아이들은 남자가 여자에 비해 3~5배 많은 것
으로 보고된다. 그래서 치료실에는 남자아이들이 더 많은 편이
다. 이렇게 여자아이들의 비율이 적은 반면, 내가 만난 아이들

* 언어성에는 큰 문제를 보이지 않으나 사회성에 어려움을 보이는 발달장애.
** Diagnostic and Statistical Manual of Mental Disorders. 미국 정신의학협회
가 출판하고, 공식적으로 사용하는 정신 장애 진단 분류 체계.

중 여자아이가 사례인 경우에는 희한하게 정도가 심하다. 성별 비율은 보고가 많이 되어 있으나 심한 정도는 기준이 모호해서 그런지 연구 결과가 딱히 없다. 그런데 내가 겪은 10년 넘는 케이스를 종합해 보면 확실히 자폐 아동의 비율은 남자에 비해 여자가 훨씬 적은데 여자아이가 자폐 성향이 있을 때 정도가 심한 경우가 많다.

수 년 전, 내 방에 오던 시연이도 그런 경우였다. 말도 너무 잘하고 너무 예쁘게 생겨서 보호 본능을 일으킬 만한 아이였는데 자폐 성향이 너무 심했다. 소아 분열증이 아닐까 의심될 정도로 상상에 빠지는 경향도 많았고, 수업을 잘 받다 말고 혼자의 세계에 빠져서 딴소리를 하거나 입을 꾹 닫고 그림만 그리거나 했다. 자폐 중에 언어성이 낮아 말을 아예 못하거나, 상동행동***만 하는 경우도 있고, 시연이처럼 기능은 좋으나 자폐 성향이 강하고 혼자만의 세계가 커서 상호작용이 전혀 안 되는 경우도 있다. 말이 통할 때엔 언어성도 좋고 눈 맞추고 웃을 때도 있지만, 평소 대부분의 시간을 멍하니 혼자만의 세계에 갇혀 있는 아이라 언어 수업이 아니라 놀이 수업 같기도 하고, 좋아하는 색칠 놀이로 관심을 끄느라 미술 수업 같기도 해서 참

*** 반복적인 행동

정체성 모호한 수업을 할 수밖에 없는 아이였다.

　그러던 어느 날, 시연이 엄마는 아이가 수업한 지 일 년 넘었으니 검사를 받아 보고 싶다고 하셨다. 보통 아이들은 치료 수업을 시작하기 전, 상태를 확인하기 위해 발달 검사를 하거나 학교나 기관에 제출할 일이 있을 때 검사를 의뢰하긴 하지만, 엄마가 진전을 확인하기 위해 검사를 원하는 경우는 거의 없던 터라 나는 좀 당황스러웠다. 그리고 일 년의 수업을 해왔다고는 하지만, 상호작용을 위한 수업을 더 집중하며 진행했던 터라 검사가 의미 없을 것이라고 말씀드렸으나 그래도 엄마는 한번 해 보고 싶다고 하셨다. 그래서 다른 선생님께 의뢰해서 시연이는 검사를 했고, 역시나 나의 생각대로 일 년 전과 거의 다름없이 무의미한 변화만 보이는 검사 결과를 내놓게 되었다. 수업료를 내고 수업을 받으시는 부모님의 입장에서야 어떤 걸 새롭게 배웠으며 뭐가 늘었는지 궁금한 것이 당연하지만, 내가 가르치는 자폐스펙트럼 아동들에게 새로운 학습이나 배움은 크게 중요한 요인이 아니다. 뭐 중요하지 않다면 엄마들의 입장에서는 서운할 수 있겠지만, 실질적으로 아이들이 생활하는 데에는 원래 알고 있고 사용하던 말들이라 하더라도 필요한 때에 얼마나 활용할 수 있고, 적절하게 찾아낼 수 있고, 다른 사람의 이야기를 듣고 상호작용을 하는지가 더 중요하다. 그렇기 때문에 언어 검사에서 몇 개월이 나오고 점수가 몇 섬 나왔는지 수치는 기관을 옮길 때나 평가 자료가 되기 때문에 주의 깊게 살펴보기는 하나, 참고하는 편이지 실제 아동을 만나서는 아이의 행동이나 대화에 더 관심을 쓰게 된다. 그래서 시연이 같은 경우에는 검사를 권하지 않기도 하고 수업에서도 인지적인 것보다는 화용적인 언어를 더 강조하다 보니 결과적으로 검사상의 수치는 큰 변화가 없어서, 일 년간 교육을 했으나 수치상으로는 별로 늘지 않았다는 김빠지는 결과를 엄마께 전해 드려야 했다. 좋아지지 않았다는, 변화가 미미하다는 결과를 차마 입 밖으로 내기가 쉽지 않았다. 조금이라도 좋은 얘기 듣기를 기대하고 검사를 의뢰하셨던 시연이 엄마는 나에게 검사 결과를 들으면서 실망하는 기색이 역력했다. 마르고 여려 보이는 시연이 엄마는 점점 힘이 빠지는 걸 확연히 느낄 수 있을 만큼 상담 내내 한숨을 쉬며 실망하셨다. 일 년을 가르쳤으나 큰 변화가 없다는 사실을 전하려다 보니 나 스스로도 죄스러운 맘을 감출 수 없었다. 하지만 나 또한 미숙한 인간인지라 방어기제 때문이었는지 검사에 치중하는 시연이 엄마에게 점수나 수치에 집중하지 말고 그런 건 포기하시라며, 엄마의 욕심을 탓하며 상담을 마무리하게 되었다. 집에 와서 생각하니 이 세상 모든 엄마들이 자녀들의 점수에 욕심 부리는 건 어찌 보면 너무 당연한 일인데 그 당연한 욕심을 포기하라고 말씀드린 게 너무 미안하기도 하고, 여린 시연이 엄마가 힘이 빠져서 시연이를 교육시키려는 의욕 자체가 사라져 버리면 어쩌나 염려되기도 했다. 그래서 조마조마한 마음으로 다음 수업 시간을 기다렸는데, 그다음 수업 시간에 온 시연이 엄마는 예상 외였다.

"오늘 시연이랑 저랑 힘내려고 점심부터 삼겹살 구워 먹고 왔는데, 냄새 나진 않죠?"

나는 당황스럽기도 하고 감사한 마음에 이렇게 말했다.

"제가 너무 모질게 말씀드려서 어머님이 너무 기운 빠지셔서 시연이 교육을 포기하시면 어쩌나 걱정했어요."

"포기라니요, 이런 때일수록 힘내야죠."

모질게 뱉은 나의 말들에 상처받고 좌절하셨을 텐데, 금세 극복하고 기운 차리고 다시 힘낸다는 시연 엄마의 말씀을 듣고, 삶의 지혜가 얕은 나로서는 범접할 수 없는 연륜을 느꼈다. 내가 더 위로가 되고 감사할 따름이었다.

정도언 정신분석의가 쓴《프로이트의 의자》라는 심리학책에 보면 좌절에 대한 설명이 나온다.

> 좌절은 꼭 나쁜 것이 아닙니다. 살아가면서 겪는 적절한
> 수준의 좌절은 자아의 힘을 튼튼하게 기르는 데 크게

도움이 됩니다. 물론 단번에 엄청난 좌절을 겪는다면 다시 일어나지 못할 수 있습니다. 그래서 좌절은 발병은 피해 가면서 면역력을 길러 주는 예방주사같이 현명하게 경험해야 합니다. 현명하다는 것은 살면서 겪는 일들에 너무 일희일비하지 않는다는 말입니다. 좋은 일이 생기면 좋고, 나쁜 일은 예방주사라고 생각하면 됩니다. 이것을 다른 말로 하면 바로 긍정적 사고입니다.[28]

시연이 엄마는 이 모든 좌절 극복의 방법과 긍정적 사고를 충분히 알고 계시는 듯, 검사 후 상황을 현명하게 잘 경험하셨다. 실망하고 좌절에 빠지기보다는 정말 좋은 치료제로 삼겹살을 선택하신 현명한 시연이 엄마! :)

아이가 장애를 가진 것만으로도 늘 억울한 일들을 경험하여 분노가 생기는데, 긍정적 사고를 가지라고 말씀드리는 게 얼마나 사치스럽고 사정 모르는 얘기라 여길지 충분히 이해한다. 그렇지만 좌절을 안기는 역할을 하는 모진 치료사로서 "이번에 큰 좌절 드렸으니 다음부턴 좌절 절대 안 드릴게요" 하고 장담도 못하겠다. 희망적으로 힘을 드리는 이야기들을 많이 전하려 노력은 하겠지만, 우리 아이들의 현실을 직면시키려다 보면 좌절 또한 계속 드릴 수밖에 없는 노릇이다. 사정이 이렇다 보니 엄마들이 지혜롭게 좌절을 극복하는, 현명한 극복 방법을 한 가지쯤은 가지고 계셨으면 좋겠다는 것이 나의 바람이다. 좋은 일이 생겼다고 너무 들떠서 자만하지 않고, 나쁜 일이 생겼다고 너무 바닥까지 떨어지지 않고, 예방주사처럼 경험하며 면역력을 키워 가는 긍정적 사고를 가질 수 있는 현명함! 포기를 모르는 그런 현명함을 나도, 엄마들도 가질 수 있기를 조심스레 바라며 기도해 본다.

30.
숨 고르기

나는 대학 시절 걱정 많은 아빠 덕분에 여행을 마음껏 다니지 못했다. 친구들이 배낭여행을 다닐 때에도 부러운 눈으로 바라보며 안달하기는 하였으나, 단체에서 가는 캠프나 수련회 외에 개인적인 여행은 쉽게 허락되지 않아 항상 여행에 대한 목마름이 있었다.

그러다가 이십대 후반을 바라보는 나이가 되어서야 겨우 아빠의 허락을 얻어 처음으로 큰맘 먹고 2주에 걸쳐 유럽 여행을 다녀왔다. 가까운 곳에 찔끔찔끔 여행 다닌 게 전부였다가 멀고 먼 유럽에서 큰 세상을 바라보니 정말 별천지가 따로 없었다. 그곳에서 보는 풍경들과 그곳에서 만나는 낯선 사람들, 그곳에서 느껴지는 이질감 가득한 감상들이 한꺼번에 휘몰아치면서 처음 가 보는 유럽이라는 곳에 정말 홀딱 반해서 돌아왔고, 그동안 여행 안 다녔다는 사실이 무색할 만큼 '여행'을 광

분하며 찬양하는 여행 예찬론자가 되었다. 늦게 배운 도둑질이 무섭다는 이야기는 나 같은 사람에게 하는 얘기일 것이다.

그후부터는 무슨 병에 걸린 사람마냥 일 년에 한 번은 비행기를 타지 않으면 무슨 비행 소녀라도 되는 양 까칠해지고 예민해져서는 세계지도만 바라보며 멍때리기 일쑤였고, 결국 그 이후부터는 명절을 껴서 열흘에서 두 주 정도 휴일을 연결하여 해외로 휴가 다녀오는 게 연례행사가 되었다. 삼십대에 눈치 봐야 하는 노처녀에게는 해외에서 맞이하는 명절이 그렇게 달콤하고 감사할 수가 없었다. 그렇게 유럽, 미국, 인도, 중국, 동남아까지 세계지도를 표시해 가며 낯선 나라들을 여행하는 맛에 폭 빠져 지내고 있다.

빌 브라이슨이 쓴 《발칙한 유럽 산책》이라는 책이 있다. 여행서라고 하기엔 너무 개인적인 내용들이라 여행 서적을 기대하고 펼친 나에겐 약간의 실망을 안긴 책이었지만, 책을 읽다가 크게 공감한 부분이 있었다.

> 아주 맛있는 초콜릿 크림 파이나 기대하지 않은 거액의
> 수표를 받는 일을 제외하고, 상쾌한 봄날 저녁 서서히
> 저물어 가는 저녁 해의 긴 그림자를 따라 외국 도시의 낯선
> 거리를 한가하게 산책하는 일만큼 즐거운 일이 있을까?

그러다가 가끔 멈춰서 가게 진열장을 들여다보거나, 교회, 예쁜 광장이나 한가한 부두 주변을 어슬렁거리기도 하면서 앞으로 오랫동안 흐뭇하게 기억할 유쾌하고 내 집 같은 음식점이 과연 길 이쪽에 있을지 저쪽에 있을지 망설이는 일은 또 어떤가? 나는 이런 일이 너무나 즐겁다. 매일 저녁 새로운 도시에 가 보면서 평생을 살아도 좋겠다.[29]

이 구절을 보고는 "나두! 나두!" 하며 방에서 책을 읽다 말고 큰소리로 격하게 공감했다. 우리 아이들을 닮아 낯설음을 병적으로 기피하는 나 같은 사람도 여행에서의 낯설음은 설렌다. 처음 여행을 갈 때 하도 아빠한테 위험하단 세뇌를 많이 당해서 걱정도 많았고 어설퍼서 주변 사람들에게 걱정도 많이 끼치고 기도 부탁도 많이 하고 떠났었다. 그런데 첫 여행지인 유럽에서 만난 숙소 룸메이트 언니가 최강 꼼꼼쟁이인데다 처음 만난 나를 너무 살뜰히 챙겨 줘서 나의 기도빨과 타고 난 인복人福을 실감하는 시간이었다. 뉴욕을 열흘 동안 갔을 때에도 준비 하나도 없이 무작정 뮤지컬 실컷 보고 오겠다며 혼자서 한 인 아파트만 예약하고 떠났었는데, 그 아파트에서 만난 동생들과 너무 즐거워서 뉴욕의 매력만큼이나 동생들과의 추억에 흠뻑 빠져 낯선 여행을 겁 없이 다닐 수 있었다. 친구들과 함께 태국과 캄보디아를 2주 동안 갔을 때에도 다들 거기 그렇게 오래 볼 게 뭐 있냐고 했지만, 2주가 턱없이 모자랄 만큼 즐거웠다. 우여곡절도 겪어 가며 어설픈 나를 챙기느라 고생한 친구에겐 민폐였지만, 나로서는 꺄르르대며 널부러지기도 하고, 너무 즐거워서 전율이 느껴질 만큼 강렬한 추억을 남긴 여행이었다. 이렇게 그동안 다녔던 수많은 여행들을 찬찬히 떠올리면 내가 얼마나 좋은 사람들 사이에서 살아가고 있는지, 나를 챙겨 주고 도와주는 손길들이 도처에 얼마나 많이 있는지, 여행을 갈 때마다 느껴지는 하나님의 이벤트들은 또 어찌나 섬세하고 다양한지, 너무 좋은 기억들뿐이라 여행을 예찬하지 않을 수가 없다. 인도에서는 사기도 많이 당하고 고생스러운 일들도 많이 겪었던 것이 분명한데 기억력이 나쁜 탓인지 그런 기억은 남아 있지 않고, 어처구니없지만 너무 재미있어서 여행에 대한 기억은 모조리 좋은 추억들뿐이다.

이렇게 여행을 좋아하다 보니, 솔직히 말하면 치료실에 오는 부모님들껜 죄인이 되는 기분이 들 때도 있다. 모든 며느리들이 그렇다고들 하지만 특히 장애 아동을 가진 엄마들은 명절이 유난스레 힘들다. 명절 준비와 집안일도 힘든데, 그 와중에 아이들의 장애 자체나, 문제 행동으로 인해 친지들의 눈치까지 더불어 받으셔야만 한다. 그러다 보니 정말 힘든 엄마들은 명절 전

날까지 보충을 해주면 안 되나고 물을 만큼 자라리 명절에도 수업을 핑계로 친지들과의 모임을 피하고 싶어 하시는 경우도 있는데, 엄마들의 속도 모르고 여행에 환장한 치료사는 명절만 되면 앞뒤로 휴가 붙여서 여행갈 궁리만 하곤 한다. 초반에는 대놓고 야속해하시는 엄마들도 있었지만, 워낙 연례행사로 자리를 비우다 보니 오래 수업을 받은 엄마들은 이해해 주시고, 인사를 전해 주시기도 한다.

내가 여행에 대해 예찬을 펴는 것 중에 하나는 2주 정도 치료실을 떠나 있다 보면 새로운 아이디어가 마구 떠오른다는 거다. 합리화를 하는 게 아니다. 여행을 떠난 지 일주일 정도가 지나면 여행의 매력에 푸욱 빠져드는 것과 동시에 두고 온 치료실이 새록새록 떠오르기 시작한다. 내가 가르치는 아이들이 뭐하며 지낼지 궁금하기도 하고, 먼 곳에서 잠들기 전, 한 명 한 명 아이들의 얼굴을 떠올리다 보면 어떤 것이 도움이 될지, 어떤 놀이를 하면 아이들이 좋아할지, 새록새록 아이디어가 떠오르곤 한다. 그리고 돌아올 즈음에는 여행을 마친다는 아쉬움과 동시에 돌아가서 아이들을 만난다는 설렘이 함께 있다가 공항이나 그 나라 상점들에서 아이들과 함께 놀 장난감을 사들이기도 하고, 마구 출근하고 싶어지기도 한다. 짧은 여행을 다녀올 때엔 여행에 대한 아쉬움뿐이지만, 긴 여행을 다녀올 때엔 오랜

만에 아이들을 만난다는 사실에 돌아오는 설렘이 더 클 때도 있다. 진심으로 사실이다. 그래서 중독 같은 여행 사랑에서 좀처럼 헤어나지 못하는 건가 보다. 엄마들에게는 불가능한 이야기지만, 호사스런 치료사 선생님에겐 아이들과 떨어져서 숨 고르기를 하는 그 시간이 너무 달콤하기도 하고, 아이들을 보고 싶게도 하므로 무척 필요한 시간이라는 게 나의 지론이다. 그래서 "숨 고르기 하는 시간은 꼭 필요하다"라는 말로 마무리하려는 것이 내가 나의 여행을 포장하기 위해 미화한 허세 가득한 글이지만…

솔직하게 말하자면, 조만간 또 긴 여행을 떠나려 준비하는, 엄마들 보기 염치없는 치료사로서 죄송한 마음에 핑계핑계, 변명변명, 주절주절 하는 것이다. "죄송합니다. 저 또 숨 고르기 하고 올게요. 충전하고 오면 정말 힘내서 잘 가르치겠습니다!" 굽신굽신. 이게 진짜 나의 솔직한 마음이라는 거…^^

DennisHan

31.
노하우 vs 열정

최근 팟캐스트로 나에겐 낯설었던 이찬수 목사님의 설교를 접하게 되었는데 분당우리교회의 성도는 아니지만 매주 빠짐없이 주일 말씀을 챙겨서 듣고 은혜를 받고 있다. 우리 아빠처럼 경상도 사투리가 섞인 말투로 말씀을 전해 주시는데 너무 솔직하고 은혜로운 말씀에 버스 안에서 오가며 듣다가 울컥한 적이 한두 번이 아니다. 그러다가 목사님의 책도 있다고 하기에 사서 읽게 되었다. 《삶으로 증명하라》라는 책은 목사님이 그동안 설교하셨던 '성령의 아홉 가지 열매'에 대한 말씀으로 성령님의 전적인 은혜와 도우심, 그리고 성령님을 의지하여 삶에서 수고함으로 열매를 맺는 것, 이 두 가지의 균형에 대해 이야기한다. 그리고 성령의 열매를 맺기 위해 철저히 성령님을 의지해야 한다는 점을 강조하고 있어서 말씀으로 들었어도 읽으면 또 고개가 끄덕여지고 내 삶을 돌아보게 되는 책이다. 그런데 오히려

나는 책을 보면서 본문의 내용보다 머리말에 있는 옥한흠 목사님이 조언해 주셨다는 글이 더 와 닿았다.

> 오래 전, 교회를 개척한 지 얼마 안 되었을 때 지금은
> 돌아가신 옥한흠 목사님을 찾아뵙고 간곡히 부탁드린 적이
> 있다.
> "목사님, 단독 목회를 시작하는 저에게 꼭 필요한 조언을
> 해주세요."
> 그러자 목사님은 단호하게 이렇게 말씀하셨다.
> "설교 준비가 안 된 채로 절대 강단에 서지 마라. 그것만큼
> 위험한 일이 없다. 한 번 그렇게 준비 없이 강단에 섰다가
> 망신을 당하고 수치를 당한다면 그것만큼 복된 일은 없다.
> 하지만 대개는 그동안 해오던 관록이 있기 때문에 설교
> 준비 없이 강단에 서도 별 문제 없이 말씀을 전할 수 있다.
> 그러나 그것이 가장 위험하고 무서운 일이다."
> 벌써 10년 전의 일이지만, 나는 그 조언을 또렷이 기억한다.
> 목회에 있어서 성령님의 도우심과 은혜는 물론이고 목회자
> 자신의 희생적인 수고와 노력이 얼마나 중요한지 정확하게
> 깨달을 수 있었던 조언이었기 때문이다.[30]

준비 없이 강단에 서는 것만큼 위험한 일이 없다는 그 말씀이 나를 향한 조언으로 들렸다. "견실하며 흔들리지 말고 항상 주의 일에 더욱 힘쓰는 자들이 되라"(고전 15:58) 하는 고린도전서의 말씀이 있다. '견실하다'라는 말은 '착실하다'라는 뜻을 내포하고 있다. 정말 하나님 앞에서 충성되고 착실하게 꾸준히 항상 준비하는 삶을 살아야 하는데 참 쉽지 않음을 느낀다.

얼마 전, 치료실에 오신 어머님이 다른 기관 선생님에 대한 조언을 구하며 상담을 해오셨다. 경력이 짧은 선생님이 열의는 있는데 아직 초보 티가 너무 나는지 아이와 기싸움을 좀 오래 하신다는 거다. 그러면서 경력 오래된 선생님으로 바꿔야 하는 건 아닌지 물어 오셨다. 그래서 솔직한 마음으로 조언을 해드렸다. 초보 선생님들의 열정도 경력 있는 선생님들의 노하우도 모두 부럽다고, 어머님이 판단하실 몫이지만 열정적인 선생님의 준비가 언젠가는 빛을 보는 날이 있을 거라고 말씀드렸다.

나의 경우 치료사가 되고 첫 해에는 수업을 앞두고 아이들 한 명, 한 명 자료를 만들고, 저녁마다 자려고 누워서도 다음 날 아이들과 활동할 것들을 머릿속으로 시뮬레이션을 돌려보다가 부족하면 벌떡 일어나 더 찾아보고 엄마들에게 도움이될 만한 책이나 자료가 있으면 스크랩하는 등 참 많은 시간을들여 노력하고 수업을 위해 공을 들였었다. 그렇게 준비를 해도 어설펐고, 준비를 하지 않으면 불안해서 퇴근 후 약속도 맘대로 잡을 수 없을 만큼 수업 준비에 몰두했었다. 2~3년 차까지는 수업이 끝나면 선생님들과 스터디 그룹을 만들어서 서로 부족한 부분 공부도 하고 물어보고 찾아보며, 실력은 없었지만 열정과 열심은 자신할 수 있었다. 그런데 어느덧 경력이 쌓이며, 엄마들에게 칭찬받는 횟수도 늘고 아이들을 대하는 스킬도 늘어서 수업이 안심(?)되기 시작했다. 그동안 만들고 모아 둔 자료들도 많고 아이들과 해본 프로그램들도 많다 보니 자연스레 준비 시간이 짧아지고 딱히 종종거리며 준비하지 않아도 아이들을 대할 때 큰 무리 없이 수업을 진행할 수 있게 되었다. 위의 글처럼 관록이 있어서 준비 없이 수업을 해도 진행할 수 있다. 기술과 요령이 쌓인 덕분이라 위안을 삼지만, 옥한흠 목사님의 조언대로 가장 위험하고 무서운 일인, 준비 없는데 실수도 없는 내가 되어 버린 것이다. 이제 슬슬 복된 망신당해야 정신 차리는 그런 시기가 온 것인가?ㅋㅋ

열정이 있던 시절에는 노하우가 너무나 부러웠고, 노하우가 어느 정도 쌓인 후엔 매너리즘에 빠지지 않는 열정이 너무나 부럽다. 매너리즘에 빠지지 않고 꾸준히 노력하며 수고하는 것. 준비하는 자세가 내게 지금 필요한 모습인 것이다.

"목회에 있어서 성령님의 도우심과 은혜는 물론이고 목회자

자신의 희생적인 수고와 노력이 얼마니 중요한지 정확히게 께
달을 수 있었던 조언이었기 때문이다"라는 이찬수 목사님이 글
처럼, 나의 일이 목회와는 다르다 하더라도 치료사 자신의 희생
적인 수고와 노력이 얼마나 끊임없이 중요한 건지 나 스스로 반
성하고 내 노력을 통해 삶으로 증명하고 싶어지는 글이었다. 견
실하게 항상 준비하는 모습. 하나님 안에서 견실하고 충직한 좋
은 치료사가 되겠다고 다짐하고 묵상하는 밤이다.

32.
보람

외국에 사는 조카들이 와서 오빠와 함께 조카들을 데리고 평일 낮에 과천 과학관에 갔었다. 사람도 없고 한적한 덕분에 조카들과 즐거운 시간을 보내다가 조카들이 화장실을 간 사이에 있던 일이다.

평일 낮이라 유치원 아이들이나, 학교 등의 단체에서 온 아이들이 드문드문 보였는데, 의자에 앉아서 기다리는 중에 건너편 의자를 보니 중학교 특수반에서 온 듯한, 좀 큰 아이들과 선생님이 앉아 계셨다. 직업상 특수반 아이들에게는 더 관심이 쓰여 티 나지 않게 힐끔 쳐다보았는데 낯익은 얼굴이 보였다. 초등학교 시절 나에게 언어 수업을 받던 태경이었다. 얼굴도 유난히 하얗고 말랐던 태경이는 변함없이 마르고 여린 모습에 얼굴에는 여드름이 조금씩 난 채로 키만 쑥 커 있었다. 오랜만에 보는 태경이가 너무 반가운 나머지 나는 "태경아!" 하고 이름을 부르며 반대편으로 딜러갔다. 태경이도 소리를 듣고 나를 봤지만, 기억하지는 못하는 듯했다. 수업을 1년 넘게 했었지만, 워낙 기능도 낮았었고 시간이 좀 지나서인지 기억나지 않는 듯한 표정이었다. 그러나 난 반가운 마음이 앞선 나머지 옆에 앉아서 손을 잡고 인사를 했다.

"태경이 맞지?"

"네"

"선생님이야. 과천 언어 선생님. 초등학교 때 선생님이랑 말하기 공부했잖아."

반가운 마음에 호들갑 떨며 주책맞게 혼자 마구 떠들었는데, 태경이의 선생님인 듯 보이는 분이 와서 "태경아 인사해야지. 안녕히 계세요 해" 하고 급하게 인사를 시킨 후, 갑자기 일어나서 아이들을 데리고 자리를 옮기셨다.

태경이가 반가운 반응을 하지 않자 내가 위험하거나 달갑지 않은 사람으로 느껴지셨나 보다. 요즘 때가 때인지라 낯선 사람에게 아이를 가까이 두지 못하는 선생님의 책임감이 당연하게 느껴지고 이해되긴 했지만, 그래도 뻘쭘하니 서운한 마음이 드는 건 어쩔 수가 없었다. '내 인상이 어딜 봐서 위험한 사람으로 보이는 건지, 시간이 좀 있었으면 태경이가 기억했을 수도 있는데 야속하게 왜 그리 금세 자리를 뜬 건지, 그리고 태경이도 1년 넘게 매주 만났으면서 어쩜 그리 기억을 못할 수 있는 건지…' 혼자 괜히 서운해하며 조카들과의 시간도 찜찜하게 보내고 말았다.

사람들은 보통 내가 하는 일을 들으면 착한 일이라며 대단하다고 말한다. 그리고 보람 있겠다고, 의미 있는 일을 한다며 부러워하기도 한다. 그런데 장애인들을 만나는 이 일을 오래하다 보니 일을 통해 나 스스로 행복을 찾으려 노력해서 일이 재미있고 좋은 건 사실이지만, 그렇게 보람된 일은 아닌 것 같다.

사실 태경이처럼 몇 년이 지나서 못 알아보는 경우는 어찌 보면 자연스러운 일이다. 한번은 지능이 많이 낮았던 초등학생 아이가 치료실에 와서 학예회 때 할 노래와 율동을 너무 쉽 없이 연습하기에 너무 궁금해서 주말에 학교 학예회에 가서 만났더니 나를 낯설어하며 피해서 어머님이 너무 미안해한 적도 있었다. 자폐가 있는 아이들의 경우는 수업하는 기간 중에도 치료실이 아니라 밖에서 우연히 마주치게 되면 못 만날 사람을 만난 것처럼 울거나 피하기도 하고, 투명인간 취급하는 일도 다반사다. 주변의 일반 유치원이나 학교 교사인 친구들을 보면 졸업하고 나서 보고 싶다며 찾아오는 제자들도 있다는데, 난 10년 넘게 일을 했고, 1년이 아니라 5~6년 가르치는 아이도 다반사이건만 나중에 찾아오는 경우는 거의 없다. 가끔 어머님들이 보고 싶다며 연락을 해오는 경우는 있지만, 아이가 스스로 보고 싶다거나 만나고 싶다는 경우는 단 한 번도 없다. 뭐 내가 만나는 아이들의 경우는 사실을 기억하는 건 잘하지만 추억하거나 감정을 느끼는 일을 잘 못하는 아이들이니 이것도 감내해야 할 내 일의 특성이라 생각하고 담담하게 넘어가려 노력하지만, 진짜 서운한 경우는 주의력 결핍이나 조음 등의 문제로 수업하던 아이들의 엄마들을 밖에서 우연히 만나서 반갑게 인사했을 때 난감해하거나 대충 인사하고 지나치시는 경우이다. '특수교육 기관'이란 곳이 사실 떳떳하고 자랑스럽게 다니는 기관은 아니다. 장애가 있다면 망설임 없이 병원이나 전문가의 의뢰를 받아 꼭 다녀야 하는 기관이지만, 장애도 아니고 큰 문제는 아닌데 미묘하게 가족들은 느끼는 언어적인 문제가 있을 경우, 조언을 듣고 도움을 받고자 할 때 망설이다 용기 내서 찾아오는 기관이기도하다. 이렇다 보니 아동의 문제가 크지 않고, 일반 유치원이나 일반 학교를 다니는 아이 부모님들의 경우 특수교육을 받는다는 사실을 감추고 싶어 하는 분들도 종종 있다. 그래서 내가 먼저 아는 척하거나 반가워하면 당황스러운 반응을 보이는 학부모님들도 만나게 된다. 죄송한 얘기지만, 나도 이젠 밖에서 예전 학부모님들을 만났을 땐 먼저 아는 척을 하지 않는 게 습관이 되어 버렸다. 이렇게 아이들이나 학부모님들이 자랑스럽게 다니는 기관이 아니다 보니, 이곳에서 일하면서 타인을 통해 '보람'을 느끼는 건 쉽지 않은 일이다. 그래서 일하면서 스스로 자아도취하거나, 스스로 애써 행복을 찾지 않으면 보람은커녕 오히려 자존감이 낮아지기 쉬운 일이 특수교육 일인 것 같다.

7~8년 전쯤 함께 봉사 모임을 하던 선생님들과 인도에 있는 마더하우스로 봉사하러 갈 기회가 있었는데, 자원봉사자들에 대한 글들이 인상적이어서 찾아 읽었던 책 중에 조병준 작가가 쓴 《제 친구들하고 인사하실래요? : 오후 4시의 천사들》이란 책이 있었다. 마더하우스에서 봉사하면서 자원봉사자들을 만나 감동적인 봉사자들에 대한 인상들을 적은 책이라, 내가 그곳에 가서 봉사를 하면서 책에 사진이 있던 역사적인 봉사자들을 찾으며 신기해하고 존경스러워하기도 하며 재미있게 읽었다. 그 책에 나의 마음과 비슷한 내용이 있어서 적어 본다.

어떤 사람들이 묻습니다. 당신이 남을 위해 좋은 일을 한다고 하는데, 결국은 자기 자신의 만족을 위해 하는 일 아니냐? 이 세상에 완벽하게 타인을 위한 행동은 없는 것 아니냐? 맞습니다….

일단 내가 행복해져야 합니다. 그래야 내 행복의 분량만큼

내가 사는 세상의 행복이 불어납니다. 인연이 닿아 내
행복이 다른 사람의 행복과 연결될 때면 그때부터 행복의
합이 달라집니다.[31]

'보람'이란 어떤 일을 한 뒤에 얻어지는 좋은 결과나 만족감
이나 자랑스러움이다. 사실 내가 하는 일은 시간이 많이 필요
하기도 하고, 큰 변화가 보이지 않을 때도 많고, 내가 가르치는
아이들이 인정해 주거나 기억해 주는 일도 드물어서 좋은 결과
나 만족함을 느끼지 못하는 경우가 더 많다. 그래서 보람되다
고 할 만한 감정을 느끼기는 힘들지만, 그래도 내 개인적인 만
족감을 항상 느끼곤 한다. 아이들은 거북이 같은 속도라도 조
금씩은 변해 가고, 감정의 변화가 크게 보이지는 않아도 조금씩
은 교감을 하려고 애쓴다. 그런 아이들을 보고 있으면 난 감사
하며 행복해진다. 그리고 희한하다 싶게 장애가 심하고 크게 변
화도 없는 아이들의 엄마들일수록 별것 아닌 변화에도 고마워
하고 내 손을 꼭 잡아 주시곤 한다. 그런 행복해하는 표현들을
보는 것에 중독되어 난 이 일을 계속 좋아하게 되는 것 같다.
  그렇지만 그래도 살포시 바람을 적어 보자면, 그냥 길에서
만나면 반가워하기까진 아니더라도 아는 척해 주고, 낯선 곳에
서 만났다고 울지 않고 당황하지 않고 웃어 주면 좋겠다. 어깨

가 으쓱해지는 인사들을 쉼 없이 듣고, 오래된 제자들이 은혜
에 감사하다며 찾아오는 그런 보람된 경험은 바라지도 않는다.
얘들아, 그래도 친한 사이였잖니. 아는 척 좀 하고, 우리 인사
좀 하자.

33.
운명의 시간, 타이밍

    가족들과 주일마다 가정예배를 드렸는데, 아빠는 한 주도 안 빼고 "유진이가 아이들을 잘 치료해서 아이들이 모두 고침을 받도록 해주시고…" 하며 기도를 하셨다. 특수교육이란 걸 잘 모르는 대부분의 사람들은 '언어치료', '미술치료', '음악치료' 등의 장애아동 치료 교육들에 '치료'라는 이름이 붙어서인지 너무나 당연하게 치료하면 낫는다고 생각하는 것 같다. 그래서인지 딸이 특수교육을 하고 뭔가 '치료'한다고 하기도 하고, 교회를 다니며 기적에 대한 말씀을 많이 접해서인지, 아빠는 기도를 할 때면 싹 낫게, 치유, 고침 등의 듣기 불편한 단어들을 서슴없이 사용하며 딸을 위해 기도해 주셨다. 내가 상담 오는 엄마들에게도 가장 듣기 싫어하는 말을 울 아빠는 나만 듣는 것도 아니고 하나님이 들으시는데 아주 당당히 기도하셔서 한두 해는 그 단어들이 너무 불편하고 '아빠한테 기도 그만하시라고 말을 해야 하나 말아야 하나' 고민이 되기도 하더니, 사람 귀 또한 간사한지라 몇 년을 계속 듣다 보니 나도 아빠가 그렇게 기도해 주시면 속으로 '진짜 그런 능력 좀 생기게 해주세요' 하며 하나님이 듣기에도 기가 막힌 얼토당토않은 기도를 부추기게 되기까지 했다. 믿는 대로 된다고도 하고, 구하는 대로 주신다고도 하지만, 그래도 내가 만나는 장애 아이들은 참 내 맘대로 내 바람대로 아빠의 기도대로 싹 고쳐지거나 변해 줄 생각을 하지 않았고, 시간과 노력을 고스란히 쏟고 가족들의 온 정성과 열정을 모조리 쏟아 부어야 조금씩 변하는, 기적인 듯 기적 아닌 기적 같은 애매한 변화들을 보여 줄 뿐이었다. 그렇다고 너무 더딘 아이들만 가득했으면 금세 지쳐서 나가떨어지고 말았을 텐데, 신기하게도 지쳐서 쓰러지고 싶을 때쯤 희한하게 쑥쑥 자라고 변해서 가르치는 희열을 느끼게 만들어 주는 아이들이 나타나서 결국 기도 응답이라도 된 듯 그간의 지친 마음을 홀홀 털고 힘을 내게 만드는, 참 묘하게 손을 놓지 못하게 하는 매력 있는 일이 나의 일이다.

하루는 34개월이 넘을 때까지 조금의 발화도 못하던 지영이란 아이가 왔다. 다른 교육 기관에서 언어치료를 6개월 정도 받았지만 쉰 소리 같은 소리조차 가끔씩만 낼 뿐 소리 자체를 내지 않아 청각 검사와 여러 검사를 하러 여기저기 다녔지만 기디리란 말만 들어서 부모님은 납납해하는 중이었다. 지영이는 처음 기관에 오자마자 불빛이 반짝이는 장식을 향해 달려가 눈을 떼지 않고 처다볼 뿐 소리나 반응은 전혀 없었다. 그렇다고 심한 자폐라 하기에는 눈 맞춤을 너무 잘하고 뭔가 필요하면 눈으로 말하듯 가리키기도 했다. 그런데 소리는 잘 내지 않았다. 그래서 수업을 시작하자 나는 지영이가 좋아하는 불빛이 있는 책, 놀잇감 등을 잔뜩 준비했다. 몇 회기가 지나는 동안에도 모양을 끼우면 불빛과 소리가 나는 놀잇감이나 누르면 트리에 불이 켜지는 책 등을 실컷 가지고 놀다 돌아갔지만 이렇다 할 변화는 보이지 않았다. 6개월 넘는 치료 기간에도 콩알만큼의 변화도 보이지 않던 아이였기에 엄마는 조급해하지 않으셨지만 나는 안타까울 따름이었다.

그러다 4~5회기 지나 조금 관계가 형성되었다 싶었을 즈음 좋아하는 장난감들을 한 개씩만 감질나게 꺼내 주었고 지영이가 반가워 달려들 때엔 스위치를 손으로 가리고 누르지 못하게 했다. 다른 아이들처럼 떼를 쓰거나 강하게 거부하는 모습을 보이지는 않았지만, 내 손을 만지고 답답한 듯한 행동은 보였다. 그래도 모르는 척 나만 누르고 누르면서 "꾸욱" 하며 자꾸 소리를 내자 처음에는 보는 것만도 만족한 듯 재미있어 하더니 그래도 스스로 누르고 싶은지 스위치를 가리고 있는 내

손을 힘을 주며 밀었다. 그래도 못 알아듣는 척 "왜? 빼?" 하고
되물으며 계속 가리고 있자, 지영이는 "어" 하며 거친 숨소리 비
슷한 소리를 냈다. 그래서 소리 내는 즉시 손을 빼주고 다시 가
리는 행동을 반복하자 답답해질 때마다 말은 아니지만 소리는
반복해서 내기 시작했다. 다른 놀잇감으로 바꾸자 이젠 내가
손을 스위치로 가져가자마자 말은 아니지만 표현하려는 의도
가 있는 소리를 냈다. 그런 식으로 지영이는 뭔가를 요구할 때
소리를 내야 한다는 사실을 인지하기 시작했다.

그렇게 몇 회기 지나며 요구할 때 소리를 내는 것에 익숙해
지자 "빼", "줘" 등의 말이나 몸짓을 여러 가지 배우기 시작했
고, 지영이가 소리나 말을 할 때마다 즉각적으로 반응해 주자
지영이도 탄력을 받아서인지 2~3개월 만에 1~2음절 정도의 짧
은 단어들을 발화하더니 말이 조금씩 늘기 시작했다. 워낙 밝
고 긍정적이던 지영이 엄마는 너무 신나 하셨고 내가 수업한
내용들을 집에서 똑같이 해보시며 아이의 말이 느는 것을 보
며 기뻐하셨다. 기뻐하고 감동하신 것은 좋았으나 적극적이고
쾌활한 지영이 엄마는 다니는 모든 기관이나 커뮤니티에 내가
무슨 신이라도 되는 듯, 정유진 선생님을 만나면 6개월 안에 말
이 트인다며 소문을 내고 다니셨다. 물론 모든 엄마들이 믿지
는 않으셨겠지만, 발화가 없는 아이의 엄마들은 지푸라기 잡는

심정으로 솔깃해서는 우리 기관을 방문하곤 하셨다. 그래서 한 동안은 대기하는 아이들이 생길 만큼 인기 치료사로 등극하기 도 했다.

그러나 내가 말을 트이게 하는 재주를 가졌을 리 만무하고 기적을 이루는 신도 아니다. 아빠의 기도가 어느 날 뽕 하고 이 루어진 건 더더욱 아니다. 교회 다니는 내가 하나님의 능력을 의심해서 이러는 건 더더욱 아니고, 항상 나를 위해 기도하시 는 엄마나 목사님들이 보시면 깜짝 놀라고 주책 맞은 표현이긴 하지만, 그냥 코드가 나랑 맞고 타이밍이 나랑 딱 들어맞는 아 이들이 있는 거다.

독일의 동화작가 미하엘 엔데가 쓴 《모모》라는 책이 있다. 어른인 내가 봐도 상상이 되고 왠지 이해되고 현실에 있을 것 만 같은 동화다. 남들보다 앞서야 하고 없는 시간을 쪼개어 써 야 한다고 주입시키는 세상에서, 시간의 가치와 소중함, 주변을 돌아보는 삶의 풍성함, 그것들이 주는 또 다른 행복을 보여 주 는 예쁜 동화책이다. 그 책에 보면 모모와 호라 박사님이 나누 는 이야기 중에 이런 대화가 있다.

"운명의 시간이 뭔데요?"
모모가 묻자 호라 박사가 설명했다.

"음, 이 세상의 운행에는 이따금 특별한 순간이 있단다. 그
순간이 오면, 저 하늘 가장 먼 곳에 있는 별까지 이 세상
모든 사물과 존재들이 아주 독특한 방식으로 서로 영향을
미쳐서, 이제껏 일어나지 않았고 앞으로도 일어날 수 없는
어떤 일이 일어날 수 있지. 애석하게도 인간들은 대개 그
순간을 이용할 줄 몰라. 그래서 운명의 시간은 아무도
깨닫지 못하고 지나가 버릴 때가 많단다. 허나 그 시간을
알아보는 사람이 있으면 아주 위대한 일이 이 세상에
벌어지지."[32]

이 '운명의 시간'이란 게 남녀 사이에서 일어나면 불꽃이 튀
는 것일 테지만, 꼭 남녀 사이에 일어나는 것만은 아닐 것 같다.
모든 관계에서 일어나는 시간일 거라는 생각이 든다. 나와 지영
이 사이에 독특하게 서로 영향을 미치는 순간이 와 주었고 그
순간을 잘 이용해서 이런 운명의 시간으로 보였고, 지영이는
잘 따라와 주었다. 그래서 지영이는 말이 트였던 거다. 물론 이
런 나의 생각은 기도 많이 하는 우리 엄마가 들으면 그동안 쌓
인 기도 덕분이라고 하겠지만, 그렇다고 하기엔 지영이 어머님
이 소문내서 온 그 많은 아이들 중에 1년이 지나도록 이렇다 하
게 말이 트이지 않은 아이들도 있어서 정말 나의 능력이나 기

노 덕분이라고 하기에는 너무 심하게 복불복이고 실망하는 엄마들이 많아 무리가 있다. 그렇지만 희한하게 가끔은 나와 함께 이런 운명의 시간을 경험하게 되는 아이들이 있어서 정말 다행이고 감사하다.

미국의 비판적 지식인이자 생성문법으로 유명한 언어학자 노암 촘스키 교수는 언어학에서는 매우 유명한 교수님이지만 나는 이분의 언어 관련 책은 한 권도 읽어 본 적 없다. 나는 이분의 정치에 관련된 책을 많이 읽으면서 언어학에서 배우던 촘스키가 같은 촘스키인 줄 나중에 알고 놀란 적이 있다. 촘스키 교수는 언어습득장치라는 LADLanguage Acquisition Device 이론을 주장했는데, 요약하자면 이렇다. "사람은 타고날 때부터 천부적인 보편적 문법 지식의 습득장치인 LAD가 미리 프로그램화되어 있어서 이 때문에 어린이가 언어 입력에 접하게 되면 자동으로 단시일 내에 그 언어의 음운, 어순 기타 모든 문법 사항들을 자연스럽게 습득하게 된다."

장애 아동 중에는 끝까지 모국어를 습득하지 못하는 경우도 있기 때문에 모든 사람에게 보편적이라는 말에는 100퍼센트 동의할 수는 없지만, 대다수 사람에게 언어를 배우는 장치가 있다면 그 LAD를 가지고 있는 경우에는 결국은 모국어를 자연스럽게 습득하게 된다. 그렇지만 앞에서 썼듯 장애로 인해 언어 습득장치 자체가 없는 것처럼 보이는 아이들도 있고, LAD는 있지만 그 습득장치에 문제가 생겨 어려움을 겪는 아이들도 있어서 이런 아이들의 경우는 외국어를 배우듯 계속 들려주고 촉진해 주는 수밖에 없다. 예전에 외국어를 가르치는 전문가의 어떤 강연에서 외국어를 수천 번인지 수만 번을 듣다 보면 그 단어들이 자연스레 자신의 언어가 된다는 이야기를 들었는데(흘리듯 들어서 정확한 수는 기억이 안나지만…), 언어 습득에 문제가 있는 우리 아이들도 외국어를 접하듯 계속적으로 반복해 주고 촉진해 주고, 자신이 말해야 하는 상황을 계속적으로 제공해 주면 언젠가는 말이 나오곤 한다.

지영이 엄마의 경우 내가 6개월 만에 아이 입을 트여 놓았다고 신이 나서 소문을 내고 다니셨지만, 나는 내 앞에 지영이를 만났던 다른 치료사 선생님의 6개월의 시간도 무시할 수 없다고 생각한다. 그리고 언어치료 말고도 다른 기관들에서 받았던 다른 종류의 교육들 또한 헛되지 않았을 것이다. 그 시간 동안 계속 들려주고 누적된 말들이 지영이의 요구와 맞아떨어지는 특별한 순간에 소리를 내기 시작하고 그 순간을 놓치지 않고 반응하자 운명의 시간으로 이어져 아이가 말을 하고자 하는 의도로 변화한 거라 생각한다. 물론 우리 부모님이 기뻐하실 훈훈한 마무리를 위해서라면, 나를 지치지 않게 하려는 배려심

낳은 하나님이 나를 통해 일하시는 그 운명의 시간 또한 넛붙인 것이라 믿고 싶다. 그러니 그 운명의 시간, 저 하늘 가장 먼 곳에 있는 별까지 이 세상 모든 사물과 존재들이 아주 독특한 방식으로 서로 영향을 미쳐 이제껏 일어나지 않았고 앞으로도 일어날 수 없는 어떤 일이 일어나는 그 순간이 나를 통해 자주자주 이뤄지게 되었음 좋겠다. 그렇게 되길 소망하고 기도해 본다. 다시 짜릿한 운명의 시간으로 희열을 느끼고 싶은 욕심 가득한 밤이다.

34.
미워할 수 없는 엄마들

　나는 모든 엄마들을 편견 없이 만나려 한다고 자신 있게 말할 수 있을 만큼 먼저 판단하지 않고 상담하려고 엄청 기도하고 노력하며 만나는 편이다. 그래서 처음 만날 때는 아이도 없고 못 미더운 선생님이지만, 나중에는 신뢰를 얻고 엄마들의 애정을 듬뿍 받는 편이고, 그만큼 나도 엄마들을 신뢰하며 편들어 드리기 위해 참 많이 노력한다. 그럼에도 참 편들어 드리기 힘든 꽉 막힌 엄마들을 가끔, 아주 가끔 만나게 된다.

　희준이 엄마는 아이 수업이 끝나고 들어오시면, 상담은 길게 하시는데 아이의 문제를 얘기하는 시간이 오면 자신의 얘기만 하다 내 얘기는 듣지도 않고 나가셨다. 아이가 잘한 것도 이야기하지만 못한 것도 들어야 문제점을 알고 해결책을 찾을 텐데, 안 좋은 얘기는 무조건 회피하셨다. 내가 "희준이가 이런 문제 행동을 보이더라구요" 하고 지적하면 "집에서는 안 그러는

데, 여기시 딩황해서 그런 걸 거예요" 하며 방어만 하시니 뭔가 서로 소통되는 느낌이 생기지도 않고 모든 부분에서 안 그런다고만 하시니 답답하기까지 했다. 그렇다고 상담 시간을 거르는 법도 없고 매번 시간이 지나도록 집에서 잘한 것, 엄마가 희준이를 위해 해준 것들을 실컷 나열하고 가셨다. 그러다 보니 나는 엄마가 희준이의 문제를 너무 모르고 지나치는 건 아닐까 싶어 자꾸 엄마의 문제나 희준이의 문제를 지적하게 되고, 그러면 오히려 더 많이 방어만 하다 가시는 게 몇 달 반복되었다. 희준 엄마는 매번 이렇게 반복되는 상담을 만족하고 계시는지 모르겠으나 나는 이제 슬슬 엄마가 아이의 문제를 모르는 것만 같아 답답하다 못해 귀를 막고 계시는 듯한 태도가 미워지기 시작했다. 그래서 어느 날은 원장 선생님께 희준이 엄마와의 소통에 대해 답답함을 토로했다. 아이의 문제는 바로 보지 못하고 방어만 하고 회피하시는 듯해서 답답하다는 울분을 한참 얘기했다. 그러자 원장 선생님은 한참을 말없이 듣다가 얘기하셨다.

"너무 잘 알아서 그러시는 거야. 아이의 문제를 모르는 엄마가 어디 있어. 매일 하루 종일 보는데…. 너무 잘 아니까 두렵기도 하고, 어디서라도 칭찬받고 위로받고 싶어서 그러시는 걸 거야. 너무 지적하지 말고 그냥 들어 드리고, 듣기 좋은 말들 많이 해드려요."

그 얘기를 듣고 보니 보통 듣기 싫은 말이나 감당하기 힘들 때 회피하곤 하는 나의 모습도 생각나며, 내가 너무 듣기 싫은 말만 하는 역할이었던 것 같아 아차 싶고, 또 배웠다.

내가 주기적으로 자주 읽는 만화책 중에 유아 코테가와의 《사형수 042》가 있다. 죄에 대해 인간의 존엄에 대해 많은 생각을 하게 해주는, 무겁지만 재밌고 웃기지만 먹먹한 책인데, 자신의 손자를 죽인 사형수 료헤이와 우연히 가까워지게 된 야마구치 할아버지가 료헤이에게 해주는 이야기가 있다.

> …사람을 사랑하게 되는 것도 똑같아.
>
> 모르는 인간은 사랑할 수가 없어.
>
> 넌 앞으로 더 많은 사람과 알게 될 거고,
>
> 많은 사람을 사랑하게 될 거야.
>
> 사람을 사랑하거라.
>
> 혹시 슬프거나 괴로운 일이 생겨도
>
> 사람을 미워하거나 신을 원망하면 안 되는 거야.[33]

최재천 교수님이 항상 글에서 강조하는 '알면 사랑한다'라는 신조와도 닮은 저 대사가 내 마음을 다시 움직였다. '내가 회준이 엄마를 너무 몰라서 미워하는 마음이 생기나 보나' 싶은 생각이 들었다.

그래서 그 뒤부터는 희준이 엄마와 상담을 하면 희준이가 조금씩이라도 좋아진 모습을 칭찬해 드리고 엄마가 집에서 뭐 했다고 얘기할 때마다 호응하고, 잘하고 계신다고 응원해 드렸다. 그러자 조금 지나지 않아 희준이 엄마는 마음을 열어 가기 시작했다.

어릴 때부터 남부럽지 않은 가정에서 잘한다는 칭찬만 들어 가며 음악을 전공하고, 금융권에 있는 남편을 만나 부러움 사는 결혼을 하고, 양가 부모님 모두의 지지와 지원을 전폭적으로 받으며 유학을 가서, 유학 중에 희준이를 낳으셨다. 남편을 내조하고 희준이를 키우며 일 년이 조금 지났을 무렵 감각과 관찰력이 뛰어난 엄마는 희준이가 이상하다는 것을 알아챘다고 한다. 너무 예민하다 못해 이상한 소리도 많이 내고 걸음마를 하는 시절부터도 한 자세로 가만있지 못하는 아이를 보며 뭔가 잘못되었다는 생각을 하셨던 것 같다. 그렇지만 너무 두려웠던 희준이 엄마는 해결책을 찾기보다는 희준이의 문제를 회피하고 아이를 데리고 집에만 있는 것을 택하셨다. 공부하느라 바쁘던 아빠는 엄마만큼 희준이를 보는 시간이 없다 보니 희준이의 문제를 알아채지 못했고, 한국에 돌아오기까지 엄마는 희준이와 둘이서 아주 일상적인 외출 외엔 유학생활 내내 집에서만 시간을 보내며 문제를 감추며 지내 왔던 것 같다. 그러다 한국에 돌아오셨고, 주변 아이들과 비교할수록 더 이상해 보이는 희준이를 내보이는 것이 엄마는 많이 두렵고 인정하기 힘드셨던 것 같다. 특수교육을 시작한 것도 많이 늦었고 아이가 기능도 낮아서 말도 하지 못하고 문제 행동도 너무 많았다. 엄하게 혼내고 훈육하면 서러워하면서 착석하는 것은 가능해서 수업을 겨우 진행할 수는 있었지만 그래도 많은 진전을 보이는 아이는 아니었다. 엄마는 점차 마음을 많이 열어 갔고, 조언을 해드리면 여전히 방어하며 부담스러워하는 모습을 보이긴 했지만 아이에게 적극적으로 여러 가지를 시도하기 시작하셨다. 나는 개인적으로 아이에게 체벌, 학대, 방치 이 세 가지가 아니라면 어떤 방법으로든 엄마가 아이에게 개입하고 시도하는 것은 찬성하는 편이라 희준 엄마가 집에서 뭘 해봤다고 자랑스럽게 얘기하면 무조건 칭찬해 드렸고, 아이를 데리고 적극적으로 야외 활동 하는 것을 피하는 엄마에게 집안에서의 활동이 아닌 야외 활동이나 외출을 자주 권해 드렸다. 처음에는 유학 시절 희준이와 외식을 하다가 망신을 톡톡히 당한 기억 때문에 외식을 꿈꿔 본 적도 없다는 엄마는 치료실에서와 집에서 착석 훈련을 반복한 덕분에 외식을 시도할 수 있었고, 물론 희준이의 문제 행동 때문에 다른 사람들의 시선을 피할 수는 없었지만 그래도 견딜 만했다고 긍정적인 말씀도 하셨다. 그러다가 어느 날은 엄마가 조심스레 물으셨다.

"제가 유학 시절 희준이를 집에만 데리고 있지 않았으면 안 이랬겠죠?"

평소에 자신이 잘못한 점은 하나도 말씀 안 하시고 매번 이런 것도 해줬다, 이렇게도 놀아 줬다 하며 방어만 하시는 엄마라 그런 말이 나오는 게 너무 의아하고 놀라웠다. '엄마도 자신의 잘못을 알고 계셨구나.' 하도 매번 잘못을 지적하면 못 들은 척하고 잘한 것만 얘기하셔서 초기에는 상담할 때마다 울화통이 터질 지경이었는데, 사실 스스로 잘못한 것을 충분히 알면서 자신의 잘못을 인정한다는 사실을 차마 입 밖으로 내뱉지 못하는 너무 여리고 상처 많은 엄마였던 것이다. 그렇게 듣고 보니 엄마가 그동안 짊어졌을 무게가 얼마나 힘드셨을까, 강하게 잘하고 있는 것처럼 방어하면서도 얼마나 많은 자책을 하셨을까, 싶어서 안쓰러움이 밀려왔다. 그래서 내 생각을 솔직하게 말씀드렸다.

"희준이는 원래 이런 장애를 타고난 거였어요. 처음부터 문제가 있었으니까 엄마가 알아채셨겠죠. 타고난 기질인 거예요. 그렇지만 엄마 말씀대로 집에만 있지 않고 교육을 일찍 받았으면 지금 나타나는 예후는 조금 다르겠죠. 그렇다고 장애가 처음부터 없었다거나, 지금 완벽하게 나았다거나 하지는 않았을 거예요. 조금 늦어지긴 했겠지만, 앞으로도 장거리 달리기니까 엄마가 힘내시면 분명히 달라지겠죠. 장애가 엄마 때문만은 아니에요."

　이 일을 하며 엄마들을 만나다 보면 별의별 이유로 자책하며 어떻게 해서든 원인을 찾아보려는 엄마들이 많이 있다. 임신하고 아이 아빠랑 몇 번 큰소리로 싸웠었다, 사실 처녀 때 담배를 피웠었다, 술을 자주 마셨다, 아이 낳았을 때 산후 우울증이 심했었다 등, 여러 가지 문제로 아이가 장애가 생긴 건 아니냐는 질문들을 가끔 받는다. 그럴 때 내가 드리는 말씀은 엄마 잘못이 아니라는 거다. 자폐는 아직도 원인이 밝혀지지 않은 병이다. 뭔가 딱 드러나는 명확한 원인이 있는 증상이 아니고 너무 다양하고 복합적인 이유로, 드러나는 모습들도 다양해서 이제는 '자폐스펙트럼'이라고 부를 정도로 복잡한 병이다. 그 자폐라는 병이 엄마의 부주의나 습관, 엄마의 탓으로 생기지는 않는다. 물론 아이들의 정서는 주 양육자인 엄마에게 가장 밀접하게 영향을 받으므로 정서상 문제가 있는 아이들을 찬찬히 보면 엄마와의 관계에 문제가 있거나 학대, 방치 등으로 생기는 경우도 있지만, 자폐 아이의 경우는 그렇게 엄마의 탓으로 쉽게 생기는 병이 아니다. 물론 엄마에게 원인이 몇 퍼센트 있는 경우도 있겠지만 원인 자체가 엄마 탓 100퍼센트는 아니다. 그런데 연약한 엄마들 중에는 가족들이나 주변 사람들의 지지가 없는 경우 자존감도 낮아지고, 세상의 이목이나 주변 사람들의 비난을 감당하다 못해 스스로도 자신의 탓이라고 생각하기 시작하고 스스로 곱씹으며 자신에게서 원인을 찾으려 하는 분들도 있다. 그래서 너무 심하게 주눅 들고 의욕이 없는 엄마들이 있는가 하면, 너무 자존심에 상처를 받아 그 비난들을 인정하지 못하고 스스로 방어막을 쌓고 남의 얘기를 듣지 않고 아이의 문제 자체를 인정하지 않으려 회피하는 엄마들도 있다. 두 경우 모두 자존감이 약한 엄마들이다. 밖으로 드러나는 모습은 한쪽은 과하게 겸손하고 한쪽은 과하게 거만한, 아예 상반된 모습이긴 하지만, 둘 다 약해서 나타나는 모습들이다.

강한 척하며 인정하지 못하는 엄마들에게는 나도 모르게 과하게 흥분해서 치받을 때가 많지만, 다시 찬찬히 알아보면 그 과한 방어 뒤에 지극히 여린 본모습이 숨어 있음을 희준이 엄마를 통해 보면서 내가 좀더 엄마들을 알아 가기 위해 노력해야 함을 깨달았다.

"엄마 때문만은 아니에요"라는 짧은 말을 마침과 동시에 금세 눈물이 맺히는 희준 엄마를 보면서 얼마나 위로가 많이 필요했을지, 그동안 얼마나 스스로 자책하고 시간을 돌리고 싶어 하며 지냈을지 그 모든 감정들이 나에게도 전해져서 내 마음도 많이 아팠다.

많은 사람을 알게 될 거고, 많은 사람을 사랑하게 될 거라는 야마구치 할아버지의 말처럼, 마음속을 들여다보고 알아 갈수록 너무 연약해서 보듬어 주고 사랑할 수밖에 없는 엄마들을 만나면서 그동안 치받고 뭔지 모를 기싸움으로 미워하기까지 하던 나의 어리석음을 인정하고 반성했다. 모르는 사람은 사랑할 수가 없다. 더 많이 엄마들의 본모습을 알아가기 위해 귀 기울여 들어 드려야 하는 게 나의 몫인 것 같다.

자신의 잘못이나 오류를 빨리 인정하고 반성하는 것은 매우 중요하다. 그렇지만 자책하고 자신의 탓이라 여기는 시간은 길어질수록 엄마들 자신에게도 엄마의 영향을 가장 많이 받을 아이에게도 좋을 게 하나도 없다. 천주교에서 강조하는 '내 탓이오, 내 탓이오'는 정말이지 우리 엄마들에게는 가장 사라져야 할 마음이다. 난 장애의 원인을 찾으려는 노력들이 제일 어리석게 느껴진다. 그건 의사들이나 연구자들이 계속 머리 싸매고 찾아내야 할 몫이지 엄마들이 찾아야 할 일이 아니다. 원인을 찾느라 고민하는 그 시간에 해결책을 찾고 실천하는 게 더 중요하다는 게 내 생각이다. 그러니까 원인을 찾는 시간을 줄이고 탓하는 시간도 줄이면 좋겠다. 진심으로! 아이들 장애의 원인은 엄마들 탓이 아니다. 그렇지만 아이들이 보이게 될 앞으로의 변화는 엄마들의 몫이다. 그러니 엄마들은 힘내는, 파이팅만이 필요하다. 그러니까 알수록 사랑스러운 우리 엄마들, 파이팅!!!

35.
숨은 의도 찾기

하루는 수업을 받는 하원이 엄마에게서 전화가 왔다. 교사인 하원이 엄마는 방학 중에는 하원이 수업에 오셔서 수업한 내용으로 상담을 하시고, 학기 중에는 외할머니가 하원이를 데리고 다니셔서 할머니께 그날 수업 내용을 전달해 드리곤 했는데, 그날은 요즘 수업 내용이 궁금하다며 통화를 원하셨다.

"요즘 하원이 외할머니한테 수업 내용을 물으면, 몇 주째 엘리베이터 놀이만 했다고 하셔서 혹시 하원이가 무슨 문제가 있어서 엘리베이터 수업 내용을 유지하시는 건지 궁금해서 연락드렸어요."

조심스레 물으시는 엄마의 말을 들으니 갑자기 웃음이 나왔다. 아마도 외할머니는 몇 주째 엘리베이터를 이용하며 가르치는 그날그날의 수업 내용을 엄마께 잘 전달하지 못하고 그냥 "오늘도 엘리베이터 놀이 했어" 하고 내가 사용하는 도구에 대한 이야기만 전하셨나 보다. 그러니 수업 내용을 듣고 싶던 하원이 엄마는 왜 매번 엘리베이터 수업만 하는지 궁금함만 커져 갔던 거다.

하원이는 숫자를 좋아하는 성향 탓에 한동안 《100층짜리 집》 책에서 심할 정도로 숫자 보는 것에만 집착했었다. 난 집착물을 무조건 소거하기보다는 좋아하고 집착하는 것을 이용해서 수업하는 것을 더 선호하는 편이기에 그 책으로 장소에 대한 수업, 문장을 설명하는 수업, 퀴즈 내기 수업을 하며 몇 회기에 걸쳐 하원이가 좋아하는 집들에 대한 설명을 말로 하도록 유도하고 가르쳤다. 그러다가 점점 비슷한 엘리베이터로 관심을 돌리기에 성공했고, 엘리베이터 1층~10층까지 그려서 그 안에 범주를 가르치며 공부하기도 하고, 동물들을 담아 두고 특징을 말하게도 하고, 엘리베이터마다 다른 색깔들을 칠해 놓고 색깔 연상하기도 하는 등 매번 다른 내용의 목표를 정해 하원이가 올 때마다 다양한 수업을 진행했다. 연세 많은 할머니가 보시기에는 내용 설명보다는 내가 보여 드리는 엘리베이터가 더 기억에 남아서 하원이 엄마가 오늘 뭐 배웠는지 물으면 매번 "엘리베이터 놀이 하더라" 하고 전하셨던 거다. 그래서 하원이 엄마는 수업 몇 주째 똑같은 놀이만 하고 있는 게 아이가 너무 집착을 하거나 떼써서 그러는 건 아닌가 염려되기도 하고 궁금하기도 해서 물으셨던 거다. 할머니께 더 자세히 설명해 드렸어야 하는데 할머니가 이해하시기에는 설명이 부족했던 것 같아 나도 죄송했다. 그래서 엄마께 책이나 엘리베이터는 하원이가 관심을 유지할 수 있는 도구라서 흥미를 끌기 위해 사용하는 도구일 뿐이고 학습 목표 자체는 기억하기와 연상하기, 발표하기 활동이라고 자세히 설명해 드렸더니, 궁금함이 해소된 엄마는 기분 좋게 전화를 끊으셨다. 활동할 때 쓰는 놀잇감이나 책 등은 아이가 학습에 흥미를 끌게 하기 위한 도구일 때가 많다. 더 큰 아이들의 경우는 책 내용 자체를 보고 토론하기 위해 동화책을 사용하기도 하지만, 대부분은 아이와의 수업을 원활하게 하기 위한 도구다. 그 도구를 사용해서 아이를 가르치는 학습 내용이 더 중요한데 도구는 보고 내용을 놓치는 경우들을 종종 본다. 상담하며 설명을 해드리기는 하지만 도구 뒤에 숨어 있는 진정한 학습 내용과 교육 목표를 찾아내는 게 엄마들에게 요구되는 센스다.

뭐 할머니들의 경우는 상담 시간에 설명을 자세히 듣지 않으셔서 그럴 수도 있다고 생각하지만, 수업을 하며 숨은 의도를 읽지 못해서 나를 당황시켰던 경우가 또 있었다.

몇 년 전, 우리 기관에 대학생 실습생들이 와서 수업을 관찰한 적이 있었다. 낯선 사람들이 있으면 당황하는 우리 아이들이라 조심스럽게 멀찌감치 떨어져 앉아서 이이들과의 수업을 관찰하는 날이었다. 첫 수업 아이부터 연달아 네 명의 아이를 관찰하게 하고 수업을 진행했었다. 그렇게 진행하고 나중에 관찰한 내용을 적은 보고서를 봤는데, 한 학생이 내가 진행한 학습 목표에 떡하니 "숨은그림찾기를 통해 인지능력을 키운다"라고 네 아이의 목표를 똑같이 적은 거다. 아직 경험이 없고 멀찍이 떨어져 있어서 수업 내용을 자세히 관찰하지 못했으리라, 처음 실습 나온 아직 어린 대학생이라 그랬을 거라고 이해하긴 했지만, 당황스러운 마음은 어쩔 수가 없었다. 나는 언어를 가르치는 선생님이라 아이에게 숨은그림찾기를 가르치려 노력하지 않는다. 숨은그림찾기가 아이들의 시지각visual perception에 도움을 주는 것은 맞지만 그건 감각이나 인지 수업에서도 배우는 거라 그걸 따로 내 수업에서 해야 할 필요성을 못 느낀다. 그런데 숨은그림찾기를 하는 이유는 아이들이 색칠하는 것도 좋아하고 찾았을 때 성취감을 가르치는 것에도 도움이 되기 때문이다. 그날도 첫 수업을 받는 아이는 숨은그림찾기에 나온 동물을 찾으면서 동물 이름들을 말하는 범주 수업을 했고, 두 번째 조음 수업을 하는 아이와는 "~에 숨어 있네" 하는 말을 반복하면서 시옷(ㅅ) 조음을 반복하는 훈련을 하며 수업했고, 세 번째 아이는 위, 아래, 왼쪽, 오른쪽 등 방향에 대한 수업을 하며 숨은그림찾기에서 찾은 것을 아래쪽, 왼쪽 등으로 방향을 넣어 설명하게 하고, 네 번째 아이와는 상호작용을 유도하기 위해 숨은그림찾기를 각자 먼저 찾고는 바꾸어서 상대에게 알아듣기 쉽게 적절한 힌트 주기 놀이를 했다. 이렇게 네 명이 사용한 도구는 같았으나 수업 목표가 모두 달랐건만 실습을 왔던 그 학생은 내가 수업한 과정들은 잘 서술해서 적었지만, 내가 수업한 의도 자체는 잘 찾아내지 못했던 거다.

영화로도 만들어진 소설인데 주제 사라마구의 《눈 먼 자들의 도시》라는 책이 있다. 나는 책을 읽으면서 너무 무섭고 오싹해서 영화로 나왔어도 볼 엄두가 나지 않았다. 책을 읽으며 내가 스스로 상상한 장면들도 충분히 참혹하고 고통스러워서 그게 영화로 시각화되었을 때엔 더 불편하고 힘들 것 같아 차마 볼 용기가 생기지 않았던 것이다. 귀신도 괴물도 전쟁도 영혼도 등장하지 않는데 인간들이 모두 눈이 멀었을 때를 상상하고 쓴 소설이 이렇게 참혹하고 무서울 수 있다니 정말 신기하고 무서운 책이었다. 그 책의 결말 부분에 주인공들의 대화에서 인상 깊었던 내용이 있다.

왜 우리가 눈이 멀게 된 거죠?
모르겠어, 언젠가는 알게 되겠지.

내가 무슨 생각을 하는지 알고 싶어요?

응, 알고 싶어.

나는 우리가 눈이 멀었다가 다시 보게 된 것이라고 생각하지

않아요. 나는 우리가 처음부터 눈이 멀었고, 지금도 눈이

멀었다고 생각해요.

눈은 멀었지만 본다는 건가.

볼 수는 있지만, 보지 않는 눈 먼 사람들이라는 거죠.[34]

이런 대화다. 볼 수는 있지만, 보지 않는 눈 먼 사람들…. 내가 얼마 전 전화를 받고, 예전에 실습생을 접했을 당시 느꼈던 마음이 딱 그런 거였다. 내가 수업을 계획하며 그날의 수업에 아이의 필요에 따라, 아이의 문제에 따라 개별적인 목표를 정하지만, 가끔은 놀이나 활동에 가려져서 나의 수업 목표나 의도가 드러나지 않을 때가 있는 것 같다. 나의 수업을 보고 듣고도 의도를 찾지 못하는 학부모님이나 이전에 만난 실습생 같은 경우를 보면 야속하고 답답할 때도 있지만, 나도 타인의 의도를 잘 읽지 못하는 답답이에 가까운 편이라 무조건 그들이 눈치 없는 탓이라 원망하지도 못하겠다. 그리고 지극히 일반적인 어른들도 수업 의도를 잘 읽지 못하는 경우도 있는데 우리 아이들은 오죽할까 싶은 마음도 생겨서, 더 자세히 알려 주고 이해

시켜야겠다는 책임감도 생긴다.

　볼 수 있지만 보지 않으려 하는, 숨은 의도를 잘 보지 못하고 찾아내지 못하는 사람들을 위해 더 친절하고 솔직하게 설명하고 알려 주는 일. 그게 나의 몫이다.

　에구구~ 가도 가도 가야 할 길이 멀기만 하구나!!!

36.
에이, 밥이 떡 같아

　내가 기능 좋은 학령기 아이들과 가장 많이 하는 수업이 있다면, 마음 읽기 수업이다. 내가 가르치는 아이들은 대부분 사회성이 부족하기 때문에 상대방의 마음을 읽거나 기분을 읽는 것을 가장 힘들어하고 어려워한다. 그래서 표정 읽기나 단서 찾기 등의 활동을 많이 하게 된다.

　그런데 마음 읽기를 능가하고도 남게 아이들이 어려워해서 가르치는 사람 쓰러지게 만드는 부분이 있다면 관용구와 속담이다. 이건 일반 아이들에게도 어려워서 가르치기 쉽지 않은 목표인데 숨은 뜻을 찾기 힘들어하는 우리 아이들에게 가르치려면 정말 뒷목 잡을 일들이 수도 없이 발생한다. 최근에 학령기 아이들과 관용구를 공부하면서 아이들에게 "에이~ 밥이 떡 같아" 하는 말을 해주고 이 말을 한 친구가 밥을 맛있게 생각하는지 맛없게 생각하는지 골라 보라고 했더니 어쩜 학령기 아이들 모두가 맛있는 표정을 골랐다. 그래서 '에이~~' 부분을 강조해서 말해 주면 그제서야 나의 과장된 모습을 보고 한두 명 맛없을 것 같다며 찡그린 표정을 고르기도 했지만 대부분은 맛있다는 쪽을 택했다. 그래서 아이들에게 "왜 맛있을 것 같냐"고 되물었더니, "떡은 맛있잖아요"라고 대답했다. 한 명이 그런 대답을 했으면 독특하고 창의적이라고 웃으며 지나칠 수도 있을 텐데 대부분이 그렇게 대답하니 관용구 가르칠 일이 까마득했다. 밥보다 떡이 좋은 아이들은 밥, 떡의 맛을 생각해서 말의 단어 그대로를 받아들이다 보니 떡 같다는 표현이 무조건 좋은 말로 들리는 거다.

또 이런 예도 있다. "형의 말은 피가 되고 살이 된다." 이런 말을 들으면 형을 좋아하는 아이들은 "좋은 뜻?" 이렇게 대답하고, 형을 싫어하거나 '피, 살'이란 말이 좋은 말이 아니라는 생각을 하는 아이들은 고민도 하지 않고 "나쁜 뜻!" 하고 자신 있게 대답한다.

모든 관용구나 속담을 이해하고 외우라고 하는 것은 어쩌면 의욕 돋는 나의 과한 욕심일 수도 있지만, 그래도 "에이~ 밥이 떡 같아"의 경우는 관용구만의 문제가 아니다. 앞에 "에이~" 하는 간투사가 들어가면 그런 간투사도 언어로 이해하고 힌트를 받아야 하는데 그런 힌트들을 놓치는 게 문제라고 생각해서 아이들과 한참을 간투사나, 몸짓, 말하는 사람의 행동 등도 상대의 마음을 읽을 수 있는 힌트가 된다는 것을 가르쳐야 했다. 사람들의 말을 단어의 뜻 그대로만 이해하기 때문에 우리 아이들은 사람들의 말이 놀림인지 칭찬인지 확실히 구분하지 못하는 경우도 많다. 특히 사람들이 직접적이지 않고 돌려서 말하는 말들은 대부분 놓친다. '에이', '에이씨', '아이 참' 하는 등의 말이 앞에 붙으면 그 말이 뒤의 말에 영향을 미친다는 생각을 해야 하고, 머리를 쥐고 "내가 왜 이랬을까?" 하고 말한다거나 인상을 쓰고 "참 잘~하는 짓이다" 하고 말하는 것은 간투사나 몸짓, 억양 등을 종합해서 말의 뜻을 유추해야 한다는 것 등은 우리 아이들에게는 너무 힘든 요구다. 말의 뉘앙스나 억양에 따라 같은 말도 뜻이 달라진다는 사실은 우리 아이들에게는 정말 이해할 수도 없고, 납득할 이유조차 찾지 못하는 오묘한 일일 뿐이다. 아무리 과장되게 표현하고 흉내 내도 감정을 잘 읽어 내지 못하는 아이들은 말뜻을 곧이곧대로 해석해 버리곤 한다. 그럼에도 억지로 속담도 가르치고 뉘앙스의 차이도 가르치고, 관용구도 가르치지만, 솔직히 가장 좋은 방법은 자폐 성향이 있는 아이들을 대하는 상대편이 빙빙 돌리거나 은유적인 표현을 사용하지 않고 직접적으로 말하고 지시해 주는 것이다.

자폐 아이들에게 "너 도대체 왜 이러니?", "이게 뭐 하는 거야?", "엄마 속 터지겠다" 하는 식으로 화를 내는 것은 소용없는 말들이다. "자꾸 정리 안 하면 어떡하니?", "이렇게 하면 불편해. 하면 안 돼", "엄마 ~ 때문에 화났어" 하고 명확하게 얘기해 주는 게 아이들의 혼란을 막아 준다. 그리고 지시하는 것도 그렇다. 아이의 이름을 부르고 해야 할 일을 확실히 지시해 줘야 자신에게 시키는 것임을 인지하고 따를 준비를 하는 거다.

내가 정말 좋아하는 작가 중에 C. S. 루이스가 있다. 어려운 신학책부터 사랑에 대한 이론서인 《네 가지 사랑》, 예리하고 따끔한 책 《스크루테이프의 편지》, 완전 과하다 싶은 아동서 《나니아 연대기》까지, 이렇게 다양한 글쓰기를 구사할 수 있다는 건 정말 똑똑하단 증거라고 내 맘대로 정해 놓고, C. S. 루이스는 대단한 작가라고 추켜세우고 있다. C. S. 루이스의 책 중에 《우리가 얼굴을 찾을 때까지》가 있다. 나처럼 신화에 대해 무식한 사람도 한 번쯤은 들어 본 프쉬케 신화를 풀어놓은 책인데, 프쉬케를 질투해서 파멸시켰다는 소문을 듣게 된 언니의 입장에서 사실은 그게 사랑이었다고 항변하며 쓴 글이다. 신화를 빌어 사랑에 대해, 신에 대해, 자신에 대해 두루두루 생각해 볼 수 있도록 쓴, 꼭 추천하고 싶은 소설이다. 그 책을 보면 관용구나 은유적인 표현을 만났을 때의 우리 자폐 아이들 마음을 대변하는 듯한 구절이 있다.

나는 우리에 대한 신들의 처사가 지극히 부당하다고
주장하는 바이다.

우리를 떠나 이 짧은 인생을 우리 스스로 살도록 내버려
두지도 않고(이것이 가장 좋은 일이다) 자신들을 공개적으로
드러내서 우리에게 원하는 바를 밝혀 주지도 않는다.
그렇게만 해주어도 견딜 만할 텐데 말이다.

그러나 그들은 암시만 주고 주변을 빙빙 맴돌며 꿈이나
신탁으로 가까이 오거나 보자마자 사라지는 이상으로
나타날 뿐이며, 우리가 그 의미를 물으면 죽은 듯 침묵을
지키다가 우리를 제발 좀 내버려 두었으면 싶을 때 슬쩍
다시 나타나 우리 귀에 속삭이고(그것도 알 수 없는 말들을),
누군가에게는 감추인 것을 누구에게는 보여 준다.[35]

물론 이건 신에 대한 원망 섞인 투정이지만, 나는 관용구나
은유 표현을 가르칠 때면 우리 자폐 아이들이 느꼈을 마음도
이 글과 비슷할 거라 상상해 본다. 어른들이 무심코 하는 그런
어려운 말들이 우리 아이들에게는 빙빙 맴도는 말들로 느껴지
고, 직접적이지도 명확하지도 않고, 막상 물으면 정확히 설명해
주지 않는, 그런 어른들에게 우리 아이들이 항변하고 싶은 마
음이 들 수도 있을 것 같다. 물론 그렇게 항변할 수도 없기에 묵

묵히 혼나 가며 마음 읽기나 관용구, 몸짓 등을 이해되지도 않는데 억지로 꾸역꾸역 배우고 있지만 말이다.

나도 이런 답답함을 느낀 적이 있다. 소설 속에 나오는 언니가 신에게 이렇게나 울분을 토하듯, 나도 한동안 하나님께 상관없이 살게 두든지, 직접적으로 나타나 달라고 원망한 적이 있었다. 나에 대한 하나님의 처사가 지극히 부당하다고 주장하며 기도를 하면 따지듯 기도했었다. 정말이지 하나님은 나 스스로 살게 내버려 두지도 않고, 그렇다고 명확하게 길을 보이셔서 하나님의 뜻을 콕 짚어 알려 주지도 않으신다. 어떤 때엔 나와 완전 친밀한 듯 순간순간 함께하시는 듯할 때도 있긴 한데… 그래도 침묵하는 경우가 더 많으시다. 그래서 막살아 보려고 정신줄 놓으면, 양심에다 마구 소리치셔서 막살게 두지도 않으시고, 정말 하나님 속은 알려야 알 수가 없다. 물론 결국엔 하나님은 나를 향해 가장 좋은 것을 주시는 분임을 인정하는데, 결국 해주실 것을 직접적으로 알려 주지 않으시고 너무 빙빙 맴돌기만 하시는 듯 야속해서 안달이 날 즈음에야 겨우겨우 보여 주곤 하신다. 불평 많고 참을성 없는 막내딸 기질 다분한 나 같은 사람은 기도하다 속 터지는 게 더 빠르지 싶을 때가 한두 번이 아니다.

우리에게 인자하고 가장 좋은 것을 주시는 하나님을 향해서도 나는 이렇게 답답해하고 원망이 많은데, 우리 아이들이야말로 빙빙 돌리고 간접적인 어른들의 어려운 표현들이 얼마나 이해되지 않고 답답할까. 괜히 관용구 가르치며 속 터져 하다가 갑자기 아이들의 마음에 감정이입해서 아이들의 답답함을 공감하고 보니, 나의 간접적이고 빙빙 돌리는 표현들이 우리 아이들을 많이 답답하게 만들었을 것 같아서 아이들이 짠하기도 하고, 항상 직접적으로 말해 주지 못하는 나의 언어 습관 때문에 미안한 마음이 들었다. 그렇다고 은유 표현이나 관용구를 가르치지 않을 수는 없는 노릇이다. 필요하긴 하니까. 이런 이유 때문에 하나님도 우리 인간들의 인생을 자꾸 간섭하시고 빙빙 돌리시나? 필요하긴 하니까?

공감 능력 부족한 내가 오늘은 아이들의 마음도, 빙빙 돌리는 하나님의 마음도 모두 이해가 되려고 한다. 아이들이 은유 표현이나 말의 의도를 배우기 전까지는 그래도 어른들이 직접적으로 말해 주는 언어 습관으로 아이들에게 도움을 주는 것이 더 많이 필요하다. 아직 잘 모르고 이해하기 힘든 아이들을 닦달하고 가르치려 들기보다 어른들이 조금 더 아이들을 배려해 주고, 특히 가족들이 놓치지 말고 신경 써 줘야 아이들이 이해하기 편할 것이다. 그래서 말인데, 내 입장에서 보면 인간들보다 훨씬 어른스러운 하나님도 너무 자꾸 주변을 맴돌기만 하지 마시고 직접적으로 표현하고 알려 주고 귀띔해 주시면 좋겠다. 아직은 막내딸 기질 다분한 나처럼 미숙한 인간들에게 너무 은유적인 어려운 표현으로 말씀하지 마시고 직접적으로 지시하고 알려 주고 의도를 나타내시면 참 우리 인간들이 편할 텐데…. 뭐 이제는 미숙하지 않고 충분히 커서 은유적인 표현을 배우고 이해해야 할 단계라며 몰아세우실지도 모르지만, 그냥 가끔은 하나님의 뜻과 마음을 전혀 이해하지 못하겠어서 답답한 인간으로서 그냥 투정한 번 해봤다. 쩝~

37.
기적 메이커

　오래 전에 읽었던 책인 고故 박완서 작가의《친절한 복희씨》라는 단편 소설집을 우연히 다시 읽게 되었다. 예전에 엄마가 먼저 읽고 내가 읽었었는데, 책에 대한 이야기를 나누다가 엄마와 나의 책을 읽는 관점 차이가 신기하기도 하고, 나이 든 노인들의 시선에서 바라보는 일상이 따뜻하고 편안했던 기억이 있어서 다시 재미있게 읽고자 꺼내 든 책이었다. 박완서 작가는 내가 너무너무 좋아하는 분이다. 오랜만에 읽어도 '우리나라에서 노벨문학상 한 분 나왔으면 박완서 작가 같은 분이어야지, 돌아가시기 전에 그런 거 안 받아 두고 뭐하셨다니~' 싶은 생각이 든다.(노벨 문학상이 받고 싶다고 받고, 드리고 싶다고 드릴 수 있는 것도 아니지만…) 어쩜 그리 섬세한지 어린아이의 시선에서는 어리게, 노인의 시선에서는 늙게, 전쟁통 얘기도 사실감 있게 썼다. 수필은 또 어쩜 그리 진솔한지, 뭐든 그리 다양하고 따뜻하게 잘 쓰셨는지, 존경하고 칭송하기에 부족함 없다. 이젠 이 좋은 작가님의 책을 더 이상 만날 수 없다는 게 생각할수록 속상하다. 지극히 개인적인 취향이니, 나 혼자 좋아한다는 애정 표현과 아쉬움은 뒤로하고 제자리로 돌아와서, 단편집《친절한 복희씨》을 다시 읽다가 혼자 쿡쿡거리며 웃었던 구절이 있었다.

> 가위를 열심히 찾다가 내가 무엇에 쓰려고 그걸 그렇게 찾았는지 까맣게 생각이 안 나면 그렇게 낭패스러울 수가 없었다. 그럴 때 끊어지기 직전의 신경줄을 눙쳐주는 방법을 최근에 개발했는데 그건 여기 있던 게 자취도 없이 사라졌으니 기적이다, 나는 종종 기적을 행하는구나, 그렇게 생각하기로 하니까 한결 마음이 편해졌다. 사람들은 왜 아무것도 없는데서 뭐가 생겨나는 것만 기적이라고 하는 걸까. 무에서 유가 되는 게 기적이라면 유에서 무가 되는 것이 기적이 못 되란 법 없지 않을까. 언젠가 엉뚱한 곳에서 나오기 마련이었다. 그럼 또 한 번의 기적이 일어났다고 기뻐하면 된다.[36]

딱 나의 모습이다. 워낙 덜렁거리고 잊어버리기 잘하는 나는 이 구절을 읽는데 어쩜 이렇게 공감이 되고 으쓱해지기까지 하는지, 책의 이 구절대로 생각하다 보면 나는 짱 기적 메이커, 그렇게 기적을 잘 행할 수가 없다. 나는 뭐 잃어버리기에는 일가견이 있다. 물건들만 잃어버리는 게 아니라 기억력도 어찌나 젬병이신지, '잘 둬야지' 하고 뭔가 잘 챙겨 두면 그건 거의 90퍼센트 잃어버린다고 보면 된다. 너무 잘 챙겨 두서서 필요한 순간에는 절대 찾아내질 못한다. 그래서 이젠 중요한 것이든 아니든 모든 물건을 공평하게 대충 둔다. 이렇듯 무에서 유를 창조하는 것도, 무에서 유가 되는 것도 기적이라고 치면 이 세상에는 기적 메이커들이 넘쳐날 것이다. 책을 읽으며 쿡쿡 웃으며 떠올려 본 기적에 대한 생각이다.

어느 정도의 효력이 있어야 '기적'이라고 말할 수 있는지는 모르겠지만, 특수교육 일을 하다 보면 내 기준으로 보기에는 진짜 기적 같은 일들을 쏠쏠히 목격하곤 한다. 나와 30개월부터 수업을 했던 영준이는 태어날 때 난산으로 인해 뇌병변 장애가 생긴 경우였다. 뇌성마비 진단을 받고 아마 걷기도 힘들고 언어 장애도 있을 것 같아 기본적인 생활을 하기 힘들 것 같다는 진단을 받았었다고 한다. 그런데 30개월에 나에게 올 때엔 보조 장치를 착용하고 뒤뚱거리며 걸을 수 있었고, 짧은 단어들을 말하는 정도의 언어도 가능했다. 영준이가 돌이 되기 전부터 엄마는 재활운동 등에 신경을 썼고, 마사지부터 운동치료 보조기, 신발 등 모든 것에 공을 들이셨다. 너무 극성맞지 않은 정도로 관심을 보이시고, 힘들어하는 영준이에게 적절한 훈육으로 과한 응석은 부리지 못하게 하며 아주 정성껏 양육하고 가르치셨다. 특수교육자인 내가 보기에도 정말 모범적으로 아이를 양육하는 모습이 보기 좋았다. 30개월부터 나와 언어 수업을 시작했는데 중간에 변동 사항도 없이 지치지 않고 변덕 부리지도 않고 꾸준히 초등학교 저학년까지 언어치료를 받게 하셨다. 중간에 영준이 엄마는 아이의 심리에 도움이 되고 싶다며 미술치료를 배우는 학업을 병행하셨고, 엄마가 수업을 받으러 가는 날에는 외조부모님이나, 친조부모님이 번갈아 가며 아이를 데리고 오곤 하셨다. 내가 더 많이 감동받은 것은 양가 조부모님들의 양육 태도도 엄마와 비슷하게 안정적이고 일관적이었다는 것이다.

사실 뇌에 문제가 있는 거라 근육도 잘 발달하지 못해 어릴 때는 옷 입고 벗기부터 모든 조작 능력이 자유롭지 못해서 어색하기 마련이었고, 옆에서 보고 있으면 낑낑거리는 모습이 안타까워 도와주고 싶은 마음이 들기도 했는데 온 가족이 자조 기술에 관련해서는 영준이 스스로 할 수 있도록 모질다 싶을 만큼 도움을 주지 않았다. 자조 기술에는 엄격했으나 영준이의 어눌한 말에는 항상 귀 기울여 주고 공감해 주는 등 나이 드신 어른들에게는 힘들 것 같은데도 손자에게 도움 되는 방향으로 자신들의 양육 태도를 바꾸고 맞춰 주셨다. 그리고 나중에는 말이 많이 늘기는 하였으나 침 조절도 어렵고 발음이 어눌했는데, 영준이가 말로 도움을 요청할 때엔 가능하면 들어주었지만 발음이 명확하지 않으면 못 들은 척하며 영준이가 스스로 발음에도 신경 쓸 수 있도록 계속적인 노력을 기울여 주셨다. 영준이 엄마께 내가 가르치고 싶은 방향과 집에서의 도움 방법을 조언해 드리면 엄마, 아빠, 형까지 온 가족이 합세하여 너무 열심히 집중 교육을 해주는 덕분에 금방금방 교육 목표에 도달하곤 했다. 나와의 수업뿐만 아니라 다른 교육기관에서도 그렇게 열심을 가지고 노력하고 꾸준한 모습을 보이셨기에 영준이는 좋아질 수밖에 없었다. 초등학생이 된 지금 수다스러울 정도로 말도 많아지고, 혼자 신변 처리를 하고, 학교생활을 하는데에도 문제가 없고, 운동성이 좋은 편은 아니지만 일상생활이나 생활체육을 하기에는 조금도 불편함이 없을 정도로 많이 발전했다. 물론 오래 이야기를 하면 주제를 벗어나기도 하고, 사회성도 약간 부족한 부분이 보이고, 소근육적인 운동성도 미세하지만 부족함을 보여 일반 또래 아이들과는 약간 다르고 느리다는 게 느껴지긴 한다. 그래도 뇌병변으로 인해 아기 때 걷지도,

일상생활과 말하기도 어려울 수 있다는 진단을 받았다는 사실을 알면 기적으로 보일 만큼 놀라운 변화였다. 예수님이 일으키신 기적들처럼 하루아침에 뿅 하고 이루어진 일들이 아니긴 하지만, 수년에 걸쳐 가족 모두가 함께 노력해서 기적을 이루었다고 볼 수 있다. 장애 자체가 사라진 게 아닌 데 그게 무슨 기적이냐고 할 수도 있겠지만, 가까이서 이런 수고와 노력으로 처음과는 천지 차이의 결과를 보이는 아이들의 모습을 직접 목격해 보면 '기적'이라는 말이 아니고서는 표현할 수 없는 감동을 느끼게 되곤 한다.

비단 영준이 하나만의 일이 아니라, 이 일을 하다 보면 가족들의 정성과 노력과 쉽지 않은 희생으로 변화되는 아이들의 모습들을 종종 보게 된다. 아이들은 자생 능력이 있어서 조금씩 조금씩 스스로 자라고 변하고 발전해 간다. 거기에 가족들의 사랑이 더해지면 우리가 예측할 수 없는 놀라운 힘들이 더해져서 기적을 이뤄 내는 경우들이 생긴다. 물론 몇 년을 가르쳐도 큰 변화가 없어서 힘이 빠지는 아이들도 있지만, 그럼에도 찬찬히 처음과 비교해 보면 그때와는 분명 다른 모습이고 나아진 모습이라 감사하게 되곤 한다.

박완서 작가의 글처럼 새로운 것이 생겨야만 기적이 아니고 사라지는 것도 기적이듯, 큰 변화뿐만 아니라 작은 변화도 내가 보기엔 기적이다. 예수님이 수많은 기적을 행하셨지만, 시탄의 유혹을 따라 돌이 떡이 되게 하고 바위에서 떨어져서 살아남는 것만이 기적이 아니라, 그 시험과 유혹을 묵묵히 견뎌 내는 것 또한 예수님이 행하신 기적이라고 묵상한 적이 있다. 나는 치료실에서 만나는 수많은 엄마들을 보며 기적을 보곤 한다. 내가 상상할 수 없는 애정과 열심으로 아이의 상태를 바꿔 놓는 엄마들부터, 묵묵히 기도하고 지지하며 아이들을 믿어 줘서 바뀌게 만드는 엄마들까지, 모습과 방법은 다르지만 각자의 자리에서 큰 기적을 만들어 가는 엄마들!

내 주변의 '기적 메이커'인 수많은 엄마들에게, 그리고 그 기적의 당사자로 순종하며 따르는 예쁜 아이들에게 진심으로 사랑과 존경의 마음을 전한다.

책 읽기를 통한 위로

처음 특수교육이라는 학문을 접하게 되고 특수교육에 관련된 일을 하면서 살겠다고 마음먹었을 때 가장 먼저 든 생각은 '더 지혜로워지자'였다. 아이들에 대해서, 장애에 대해서, 부모에 대해서, 그리고 사람에 대해서 더 많이 알고 여러 사람들의 지식과 지혜를 많이 배우고 담아야 내가 할 수 있는 일들이 더 다양하고 많아질 거란 막연한 기대를 했다. 필요에 따라 급한 대로 여러 가지 책들을 찾아 읽기 시작한 것이니, 어찌 보면 불순한 동기로 책 읽기를 한 것이다. 어떤 계기였던 간에 책 읽기는 욕구 충족을 넘어 취미, 일상이 되었고 일을 시작하고 10년차가 넘은 지금까지도 여전히 나는 습관처럼 책 읽기를 하고 있다. 책을 무조건 많이 읽으면 지식과 지혜가 쌓일 거라 막연하게 기대하고 이렇게 십여 년이 넘게 매년 수십 권의 책을 읽고 좋은 문장들을 되새김질하는데도 아직은 지혜로워질 기미가 보이지 않아 조금 실망스러운 것도 사실이지만, 그럼에도 읽고 또 읽는다. 지혜로운 사람이 되는 데 도움이 되지 못한다 하더라도 어느덧 책 읽기는 나에게 위로가 되기 때문이다.

아픈 아이들을 만나는 일, 아이보다 더 아프고 힘든 엄마들을 만나는 일은 결코 쉽지 않다. 그래서 스스로 쉽게 지치고 자주 투정을 부리지만, 그래도 그 만남을 통해 희망이 생기고 배움을 얻는다. 아이들을 만나면서 하나님의 마음도 더 특별하게 알게 되었고, 아이들을 만나면서 '사랑'도 배워 간다. 힘들다고 투정 부리다가도 언제 그랬냐는 듯 꺄르르 하며 아이들을 만나게 되는 걸 보면 힘들고 어려움을 느끼기보다는, 희망과 기쁨, 감사와 사랑을 느끼는 순간이 더 자주 있기 때문이기도 하고, 뒤끝 없고 기억력 나쁜 타고난 성격이기도 해서 이 일을 한다는 것이 참 감사하다.

문익환 목사님의 글을 모아 둔《청소년이 읽는 우리 수필-문익환》의 〈감옥에서 깨달은 생명에 대한 외경〉이라는 수필에 이런 구절이 있다.

> 많이 읽었지요. 그런데 뭐 기억에 남는 게 있어야지요.
> 그래서 그런지 차츰 책 읽는 일이 시큰둥해집디다.
> 그런데 요즘 들어서 좀 생각이 달라졌습니다. 읽고 잊고,
> 읽고 잊으면서도 읽는 일은 여전히 좋은 일이라는 생각이

들더군요. 잊혀진다는 것은 읽은 것이 잠재의식 속으로 두엄처럼 녹아들면서 나의 세계를 풍성하게 만들 수도 있거든요. 기억력이야 내 말보다는 남의 말을 더 많이 정확하게 인용해야 하는 학자에겐 기본적인 조건이지만, 학자가 못 되는 사람으로서는 기억력이 없다는 것은 장점도 될 수 있다 그 말입니다.[37]

기억력 나쁜 나에게 참 위로가 되는 구절인데, 정말 그렇다. 읽고 잊고 읽고 잊는 생활의 반복임에도 계속 읽는 참 비효율적인 나지만, 그래도 이렇게 읽다 보면 나의 잠재의식 속으로 두엄처럼 녹아들면서 나의 세계를 풍성하게 만들어 줄 것만 같은 실낱같은 희망 덕분에 계속 읽는다. 뭔가 내 기억에 남고 피가 되고 살이 되는 건 뒤로하고서라도 지금 이 순간 나에게 위로가 되고, 읽고 나면 위안이 되기 때문이다. 그래서 책을 통해 내가 받았던 위로들을 힘입어, 내가 만나는 엄마들에게 위로가 되고 싶기 때문이다. 설령 이 책이 직접 위로가 되지 못하더라도 이 책을 통해, 책 읽기와 같은 방법으로도 위로가 되고 답답함을 조금이라도 해소할 통로가 될 수 있다는 사실을 전하고 싶다.

나는 무조건적으로 엄마의 존재를 존경한다. 내가 만나는 엄마들은 대단하다 못해 위대하다. 그렇지만 그 위대함과 강함 뒤엔 결국 위로가 필요한, 상처받고 여린 여자인 경우를 많이 보게 된다. 그런 엄마들을 대할 때마다 진심으로 손잡아 드리고 싶고, 안아 드리고 싶다. 그렇지만 앞으로도 계속 아이를 가르칠 치료사와 학부모의 관계를 유지하려면 너무 감정적인 관계가 되면 어려우므로 객관적인 거리를 두게 되곤 한다. 드라마틱하고 감동적인 조언이나 위로의 말이라도 딱 맞아떨어지게 떠오르면 좋으련만 적당한 말이 떠오르지 않아 우물쭈물하다 좋은 말도 전하지 못하고, 그렇다고 안아 드리지도 못하고, 진심 어린 위로를 전하지 못할 때가 많아 죄송하다.

이 지면을 빌려 내가 만난 수많은 엄마들에게 꼭 이 말을 전하고 싶다. 결국은 아이의 모든 문제를 혼자 짊어지고, 혼자 결정해야 해서 외롭고 답답한 듯 느껴지더라도 그런 모든 결정을 지지하는 엄마 편인 사람이 주변에 있다고 꼭 알려 드리고 싶다. '진심으로 엄마들 편'이라고, 우리는 할 수 있다고 응원하며 박수를 보낸다.

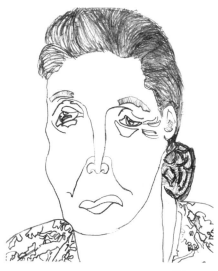

Dennishan

1. 이현주·최완택, 《이름값을 하면서 살고 싶다》(당그래출판사, 1998), 6면.

2. 성석제, 《이야기 박물지, 유쾌한 발견》(하늘연못, 2007), 201면.

3. SBS다큐스페셜팀·이은아·이시안 공저, 《매력DNA》(황금물고기, 2010), 156면.

4. 니코스 카잔차키스 지음, 《그리스인 조르바》, 이윤기 옮김(열린책들, 2010), 115면.

5. 가네시로 가즈키 지음, 《Go》, 김난주 옮김(북폴리오, 2011), 214면.

6. 법정, 《일기일회》(문학의숲, 2010), 340면.

7. 셰익스피어 지음, 《겨울 이야기》, 이윤기·이다희 옮김(달궁, 2005), 28면.

8. 우라사와 나오키 지음, 《몬스터》(3권), 박연 옮김(세주문화, 1998), 149면.

9. 최재천, 《인간과동물》(궁리출판, 2014), 91~92면.

10. 최인호, 《하늘에서 내려온 빵》(샘터, 2008), 104면.

11. 스캇 펙 지음, 《아직도 가야 할 길》, 신승철·이종만 옮김(열음사, 2002), 253면.

12. 김요셉, 《삶으로 가르치는 것만 남는다》(두란노, 2006), 279면

13. 신의진, 《현명한 부모는 자신의 행복을 먼저 선택한다》(갤리온, 2006), 156면.

14. 까를로 까렛도 지음, 《프란치스코, 저는》, 장익 옮김(분도출판사, 2014), 176면.

15. 이현주, 《그래서 행복한, 신의 작은 피리》(생활성서사, 1999), 34면

16. 이현주, 《그래서 행복한, 신의 작은 피리》(생활성서사, 1999), 42면.

17. 에쿠니 가오리 지음, 《반짝반짝 빛나는》, 김난주 옮김(소담출판사, 2011), 201면.

18. 엘윈 브룩스 지음, 《샬롯의 거미줄》, 김화곤 옮김(시공주니어, 2007), 216면.

19. 김준기, 《영화로 만나는 치유의 심리학》(시그마북스, 2011), 258면.

20. 페터 빅셀 지음, 《나는 시간이 아주 많은 어른이 되고 싶었다》, 전은경 옮김(푸른숲, 2011), 25면.

234

21. 이민아,《땅끝의 아이들》(시냇가에심은나무, 2011), 106면.

22. 필립 얀시 지음,《교회, 나의 고민 나의 사랑》, 김동완 옮김(요단출판사, 2006), 53면.

23. 템플 그랜딘 지음,《어느 자폐인 이야기》, 박경희 옮김(김영사, 2006), 200면.

24. 고재학,《부모라면 유대인처럼》(예담, 2010), 152면.

25. 황석영,《개밥바라기 별》(문학동네, 2008), 284~285면.

26. 에쿠니 가오리 지음,《취하기에 부족하지 않은》, 김난주 옮김(소담출판사, 2009), 127면.

27. 공지영,《즐거운 나의 집》(푸른숲, 2007), 296면.

28. 정도언,《프로이트의 의자》(웅진지식하우스, 2009), 140면.

29. 빌 브라이슨 지음,《발칙한 유럽 산책》, 권상미 옮김(21세기북스, 2010), 167면.

30. 이찬수,《삶으로 증명하라》(규장, 2012), 5면.

31. 조병준,《제 친구들하고 인사하실래요? : 오후 4시의 천사들》(그린비, 2005), 81면.

32. 미하엘 엔데 지음,《모모》, 한미희 옮김(비룡소, 2006), 199면.

33. 유아 코테가와 지음,《사형수 042》(제2권), 박선영 옮김(세주문화, 2003), 94면.

34. 주제 사라마구 지음,《눈 먼 자들의 도시》, 정영목 옮김(해냄, 2009), 461면.

35. C. S. 루이스 지음,《우리가 얼굴을 찾을 때까지》, 강유나 옮김(홍성사, 2007), 294면.

36. 박완서,《친절한 복희씨》(문학과지성사, 2011), 148면.

37. 문익환,〈감옥에서 깨달은 생명에 대한 외경〉,《청소년이 읽는 우리 수필-문익환》(돌베개, 2003), 147면.

진짜로 내가
하나님이라면 좋겠다

If I were God

2016. 3. 9. 초판 1쇄 인쇄
2016. 3.16. 초판 1쇄 발행

지은이 정유진
펴낸이 정애주
국효숙 김기민 김의연 김일영 김준표 김진원 박세정
박혜민 송승호 오민택 오형탁 윤진숙 이한별 임경혜
임승철 임진아 정성혜 조주영 차길환 한미영 허은

펴낸곳 주식회사 홍성사
등록번호 제1-449호 1977. 8. 1.
주소 (04084) 서울시 마포구 양화진4길 3
전화 02) 333-5161
팩스 02) 333-5165
홈페이지 www.hsbooks.com
이메일 hsbooks@hsbooks.com
트위터 twitter.com/hongsungsa
페이스북 facebook.com/hongsungsa
양화진책방 02) 333-5163

ⓒ 정유진, 2016

ISBN 978-89-365-0335-2 (03810)